GW00394410

Kateb Yacine est né en 1929 à Constantine, dans l'est de l'Algérie. Il a participé, en 1945, à Sétif, à la grande manifestation des musulmans qui protestent contre la situation inégale qui leur est faite. Il est alors arrêté et emprisonné quatre mois durant. Il ne peut reprendre ses études et se rend à Annaba, puis en France. De retour en Algérie, en 1948, Kateb Yacine entre au quotidien *Alger républicain* et y reste jusqu'en 1951. Puis il revient en France où il exerce divers métiers, publie son premier roman. Il voyage aussi en Italie, en Tunisie, en Belgique, en Allemagne... notamment pour suivre les tournées de ses différents spectacles. Il a reçu le Prix national des lettres en 1988. Il est mort à Grenoble en 1989.

Kateb Yacine

LE CERCLE DES REPRÉSAILLES

THÉÂTRE

Préface
d'Édouard Glissant

Éditions du Seuil

TEXTE INTÉGRAL

ISBN 978-2-02-035019-8
(ISBN 2-02-004455-2, 1re publication poche
ISBN 2-02-001311-8, 1re publication)

© Éditions du Seuil, 1959

Le chant profond
de Kateb Yacine

Préface d'Édouard Glissant

PRÉFACE

Le Cadavre encerclé a paru pour la première fois dans la revue *Esprit,* en décembre 1954 et janvier 1955. Deux autres pièces le prolongent ici, pour constituer le premier volume du théâtre de Kateb Yacine. On peut dès maintenant essayer d'approcher l'intention d'une telle entreprise, sa signification. Pour moi, dès la première lecture du *Cadavre encerclé,* j'ai pensé au titre d'un poème célèbre : le poème du Cante Hondo.

Il y a des œuvres qui vont proprement au fond de notre époque, qui s'en constituent les racines inéluctables et qui, à la lettre, en dégagent le chant profond. Je vois leur caractéristique principale dans le fait qu'elles envisagent le monde comme d'abord un labeur, un travail à accomplir et non plus un secret qu'il faudrait délicieusement surprendre ; comme une unité divisée qu'il faut réaliser à la fin et non pas comme une entité mystérieuse dont le sens se laisserait à peine approcher. Ces œuvres ne courent donc pas à la surface des choses et du monde pour en donner des aperçus « objectifs » ou des visions de rêve. Non. Elles veulent pénétrer la réalité de la manière la plus souterraine et ne la communiquer qu'en ces endroits de pointe, en ces nœuds sensibles que seuls les poètes ont le pouvoir de déceler et de cerner.

De telles œuvres dépassent volontiers la simple énumération des apparences ; car, lors même qu'elles élisent un détail, nous nous apercevons que c'est pour sa force signifiante, pour sa clarté terrible. Alors il nous semble toucher le cœur même du réel, son évidence la plus totale, la plus enfouie.

9

Cette manière qui dépasse si considérablement la plate uniformité du réalisme intégral – lequel ne veut rien oublier et, n'oubliant rien, dépossède cependant le réel de sa vraie force –, cette manière est bien celle du théâtre de Kateb Yacine : c'est, au meilleur sens du terme, le réalisme poétique.

J'ai parlé du monde, de notre monde, envisagé par ces œuvres du Chant profond comme un labeur, comme une unité divisée dont il faut reconstituer l'être. Comment ne pas comprendre que cette vue poétiquement fondée de notre univers l'est aussi humainement, dans le quotidien le plus banal ou le plus exaspérant ? N'est-ce pas notre drame à tous, par-delà les heurts, les chocs, les guerres entre peuples, qui se préfigure ici ? Dans notre univers chaotique, nous comprenons qu'il est désormais impossible de méconnaître les forces nouvelles qui brisent et refaçonnent toutes nos conceptions de l'existence et de l'art. Ces forces qui font éclater l'enveloppe de l'individu sont bien les forces des peuples – lesquels maintenant se définissent les uns par rapport aux autres. Aujourd'hui, l'univers est exploré dans sa totalité géographique, il n'y a plus moyen d'ignorer tel ou tel peuple de la terre. Aujourd'hui plus qu'hier, nous ne pouvons envisager notre vie ni notre art en dehors de l'effort terrible des hommes qui, de races et de cultures différentes, tentent de s'approcher et de se connaître. Aujourd'hui le cercle est fermé, nous voici tous dans le même lieu : et c'est la terre tout entière. Dès lors naît et se développe le Tragique de notre époque, qui est celui de l'Homme en face des peuples, celui du destin personnel confronté à un destin collectif. Ce fondement éternel de la Tragédie redevient celui des grandes œuvres du Chant profond contemporain ; car c'est à partir de cette confrontation entre destin personnel et destin collectif que l'homme (en tant qu'individu) pourra aimer et comprendre les peuples, et que les peuples pourront enrichir et continuer l'œuvre de l'homme, sans dénaturer ce que chaque individu porte en lui de précieux.

Telle est une des qualités essentielles du genre artistique que l'on nomme Tragédie, genre qui avait régressé dans les siècles précédents, en ces temps où l'homme avait dû d'abord conquérir son individualité, la revendiquer impérieusement comme l'achèvement suprême de son œuvre ; genre qui renaît aujourd'hui, avec un contenu nouveau.

L'œuvre théâtrale de Kateb Yacine est un cas exemplaire de cette Tragédie moderne que j'ai dite, par quoi l'art, en l'occurrence l'art théâtral, essaie d'approcher le monde, de le concilier à lui-même, et peut-être d'éclairer ainsi le destin commun de tous les hommes.

La réalité exprimée ici est celle du peuple algérien. Soit dans les deux ouvrages dramatiques (*Le cadavre encerclé, Les ancêtres redoublent de férocité*), soit dans cette farce tellement signifiante qui s'intercale entre eux (*La poudre d'intelligence*) comme un second temps théâtral, durant lequel il est permis à la Nedjma du *Cadavre* de s'accomplir souterrainement jusqu'à devenir la femme sauvage des *Ancêtres*, c'est l'Algérie, dramatique et toujours présente, qui anime la scène. Qui en définit l'espace et en régit le temps. Qui motive à la fois le détail le plus savoureux, l'action la plus nette, la poésie la plus large. Il s'ensuit que les symboles (celui des Ancêtres, par exemple) n'interviennent jamais ici comme de creuses parades, propres à masquer le réel. Un grand théâtre est à ce prix.

Le langage de cette œuvre est poétique, c'est-à-dire qu'il n'hésite pas à exprimer obscurément ce qui de l'homme est obscur, mais qu'aussi il éclate en traits précis, car il est des vérités qu'il faut dire sans détour. Un tel langage, tour à tour brûlant et sombre comme la nuit d'été, rapide et efficace comme un bon outil dans la main, un tel langage convient bien à l'entreprise : il n'en sacrifie pas la grandeur à la portée, ni inversement.

Pour ce qui concerne la dramaturgie, je suis personnellement frappé des rencontres entre Kateb Yacine et Aimé Césaire. Dans *Le cadavre encerclé* et dans la tragédie de Césaire, *Et les chiens se taisaient,* nous retrouvons des moments en quelque sorte élus, des manières de lieux communs entre écrivains acharnés au même ouvrage. Ce n'est pas l'occasion, dans une présentation si rapide, d'aller au fond d'une telle rencontre. Mais n'est-ce pas une preuve de l'universalité de la Tragédie, de sa vérité, que cet accord de deux poètes, à première vue si éloignés, et qui conduisent leurs œuvres par des moyens tellement différents ?

Je souhaite pour finir que l'auteur puisse un jour nous offrir ce théâtre de la joie et du bonheur que certes son peuple et son pays méritent de connaître. Cet espoir, qui est inscrit dans la lettre même des pièces que voici, est partagé par tous, commun à tous les peuples. C'est en quoi l'œuvre de ce poète algérien nous concerne et nous instruit. Et c'est ce qui motive la présente introduction, que je voudrais signer comme un hommage au généreux talent de Kateb Yacine.

Édouard Glissant.

LE CADAVRE ENCERCLÉ

Casba, au-delà des ruines romaines. Au bout de la rue, un marchand accroupi devant sa charrette vide. Impasse débouchant sur la rue en angle droit. Monceau de cadavres débordant sur le pan de mur. Des bras et des têtes s'agitent désespérément. Des blessés viennent mourir dans la rue. A l'angle de l'impasse et de la rue, une lumière est projetée sur les cadavres qui s'expriment tout d'abord par une plaintive rumeur qui se personnifie peu à peu et devient voix, la voix de Lakhdar blessé.

LAKHDAR : Ici est la rue des Vandales. C'est une rue d'Alger ou de Constantine, de Sétif ou de Guelma, de Tunis ou de Casablanca. Ah ! l'espace manque pour montrer dans toutes ses perspectives la rue des mendiants et des éclopés, pour entendre les appels des vierges somnambules, suivre des cercueils d'enfants, et recevoir dans la musique des maisons closes le bref murmure des agitateurs. Ici je suis né, ici je rampe encore pour apprendre à me tenir debout, avec la même blessure ombilicale qu'il n'est plus temps de recoudre ; et je retourne à la sanglante source, à notre mère incorruptible, la Matière jamais en défaut, tantôt génératrice de sang et d'énergie, tantôt pétrifiée dans la

15

combustion solaire qui m'emporte à la cité lucide au sein frais de la nuit, homme tué pour une cause apparemment inexplicable tant que ma mort n'a pas donné de fruit, comme un grain de blé dur tombé sous la faux pour onduler plus haut à l'assaut de la prochaine aire à battre, joignant le corps écrasé à la conscience de la force qui l'écrase, en un triomphe général, où la victime apprend au bourreau le maniement des armes, et le bourreau ne sait pas que c'est lui qui subit, et la victime ne sait pas que la Matière gît inexpugnable dans le sang qui sèche et le soleil qui boit... Ici est la rue des Vandales, des fantômes, des militants, de la marmaille circoncise et des nouvelles mariées ; ici est notre rue. Pour la première fois je la sens palpiter comme la seule artère en crue où je puisse rendre l'âme sans la perdre. Je ne suis plus un corps, mais je suis une rue. C'est un canon qu'il faut désormais pour m'abattre. Si le canon m'abat je serai encore là, lueur d'astre glorifiant les ruines, et nulle fusée n'atteindra plus mon foyer à moins qu'un enfant précoce ne quitte la pesanteur terrestre pour s'évaporer avec moi dans un parfum d'étoile, en un cortège intime où la mort n'est qu'un jeu... Ici est la rue de Nedjma mon étoile, la seule artère où je veux rendre l'âme. C'est une rue toujours crépusculaire, dont les maisons perdent leur blancheur comme du sang, avec une violence d'atomes au bord de l'explosion.

Un silence, puis la voix de Lakhdar reprend.

Ici sont étendus dans l'ombre les cadavres que la police ne veut pas voir ; mais l'ombre s'est mise en marche sous l'unique lueur du jour, et le tas de cadavres demeure en vie, parcouru par une ultime vague de sang, comme un dragon foudroyé rassemblant ses forces à l'heure de l'agonie, ne sachant plus si le feu s'attarde sur sa dépouille entière ou sur une seule des écailles à vif dont s'illumine son antre ; ainsi survit la foule à son propre chevet, dans l'extermination qui l'arme et la délivre ; ici même abattu, dans l'impasse natale, un goût ancien me revient à la bouche, mais ce n'est plus la femme qui m'enfanta ni l'amante dont je conserve la morsure, ce sont toutes les mères et toutes les épouses dont je sens l'étreinte hissant mon corps loin de moi, et seule persiste ma voix d'homme pour déclamer la plénitude d'un masculin pluriel ; je dis Nous et je descends dans la terre pour ranimer le corps qui m'appartient à jamais ; mais dans l'attente de la résurrection, pour que, Lakhdar assassiné, je remonte d'outre-tombe prononcer mon oraison funèbre, il me faut au flux masculin ajouter le reflux pluriel, afin que la lunaire attraction me fasse survoler ma tombe avec assez d'enver-gure... Ici je me dénombre et n'attends plus la fin. Nous sommes morts. Phrase incroyable. Nous sommes morts assassinés. La police viendra bientôt nous ramasser. Pour l'instant, elle nous dissimule, n'osant plus franchir l'ombre où nulle force ne peut plus nous disperser. Nous sommes morts, exterminés à l'insu de la ville... Une vieille femme suivie de ses marmots nous a vus la pre-mière. Elle a peut-être ameuté les quelques hommes valides qui se sont répandus à travers nous, armés de pioches et de bâtons pour nous enterrer par la force... Ils se sont approchés, à pas de loup, levant leurs armes au-dessus de leur tête, et les habitants les observaient du fond de leurs demeures éteintes, partagés entre l'angoisse et la terreur à la vue des fantômes penchés sur le charnier. Un grand massacre avait été perpétré. Durant toute la nuit, jusqu'à la lueur matinale qui m'éveille à présent, les habi-tants restèrent claquemurés, comme s'ils prévoyaient leur propre massacre, et s'y préparaient dans le recueillement ; puis les fantômes eux-mêmes cessèrent leurs allées et venues, et les derniers chats firent le vide ; des passants de plus en plus rares s'inquiétaient de nos râles, et s'arrêtaient un instant sur les lieux de la mêlée ; aucune patrouille ne vint troubler leurs furtives méditations ; ils connurent un nouveau sentiment pour les obscurs militants dont le flot mugissait encore à leurs pieds, dans cette rue qu'ils avaient toujours vue pourrie et sombre, où la gloire d'un si vaste carnage venait soudain prolonger l'impasse vers des chevauchées à venir.

> *Nedjma, voilée, quittant sa chambre, va vers l'impasse. Elle déchire son voile, sa joue, sa robe et se lamente.*

NEDJMA : Voyez la poitrine aveugle
    Loin de l'amant sevré
    Jamais ne sera mûr
    Le sein noirci par l'absence
    Plus une bouche ne saura m'écumer.
    Lakhdar s'endort avec d'autre que moi.
    Vous m'aviez prévenue
    J'avais rêvé la fusillade
    Mais il devait revenir au crépuscule
    Je devais lui cacher mes pleurs et son couteau
    Et me voici vouée à la nuit solitaire
    Veuve jamais déflorée
    Fleur aveugle cherchant l'élu emporté
    En l'holocauste de fourmilière qui hante sa corolle
    Ainsi m'a quittée Lakhdar la mâle fourmi
    Qui traversa le parfum altier de ma couche
    Pour tomber en ce tas de corps inconnus.

HASSAN : Depuis que Lakhdar est parti, nous sommes là, sans nouvelles. Nedjma n'a pas bougé de la journée. A présent elle s'en va silencieuse à la faveur de la nuit. Oui, c'est sa silhouette qui s'éloigne le long des murs. Je ne l'ai pas entendue sortir...

MUSTAPHA *(brusquement tiré de sa somnolence)* : Nedjma ! Il ne faut pas la laisser partir. Appelle-la ! N'oublie pas que Lakhdar l'a laissée ici, même s'il n'a pas prévu qu'elle resterait sous notre garde... Regarde-la enjamber les morts. La stupeur ni la crainte n'ont appesanti sa démarche. La voici qui s'arrête devant l'impasse macabre. Son voile flotte dans la nuit ; on croirait, chavirant, une barque immobilisée pour nous révéler l'horizon ; rejoins-la vite. En un clin d'œil elle peut s'évanouir. La feinte la plus subtile de la gazelle en fuite n'est souvent qu'une halte à portée de fusil.

> *Hassan est sorti furtivement à la rencontre de la silhouette. Après un moment d'obscurité sur la scène, entre Nedjma, hagarde, le voile déchiré, suivie de loin par Hassan. Elle s'assied sur un banc.*

TAHAR *(avec un rire forcé)* : Ton café est encore chaud... Mais, dis, où allais-tu ? Chez tes parents ?

MUSTAPHA : Laisse-la boire. Elle n'a pas de famille. *(A Nedjma)* Il faut simplement attendre ; tu connais Lakhdar mieux que nous...

TAHAR *(revenant à la charge)* : On ne quitte pas sa famille pour un fou comme Lakhdar.

HASSAN *(exaspéré)* : Sache-le bien, charogne, n'était l'ami absent, nous ne t'aurions jamais ouvert notre porte. Ce n'est pas pour tes cheveux blancs.

TAHAR : Lakhdar ! Lakhdar !... Je n'entends que ce nom. N'est-il pas mon fils avant tout ?...

HASSAN : Le fils de sa mère : je le précise pour toi. Pourquoi évoquer ici ta stérilité ? Tu n'es qu'un vieux bourdon radoteur.

Un silence, puis Nedjma, portant la tasse à ses lèvres, monologue à voix basse, comme fermée à ses propres paroles.

NEDJMA : Pour toute réponse à mes appels, j'entendais des pas de soldat, et j'ai beau errer encore aujourd'hui, dans les lieux interdits où l'on se traîne sans pouvoir mordre, bêtes clouées au sol par une botte inattaquable dont la présence nous obnubile comme une promesse de lutte, indispensable à la vengeance que nous méditons sans un mot, sans une arme, mais nous avons au moins la certitude d'être battus avec l'orgueil d'être invincibles. Puisque le seul ami a péri, plus que jamais je vais l'attendre, je vais piétiner la poussière et le sang, ainsi qu'une génisse galopant vers une boucherie, en quête d'une ressemblance perdue. Tant de visages à mes pieds, tant de spectres dispersés à ma poursuite, et nulle trace de Lakhdar.

MUSTAPHA : Souvent Lakhdar garde le silence quand on l'appelle.

TAHAR : Et moi j'aurai perdu le meilleur de ma force à courir comme un misérable, à la recherche du maudit : ce fils adoptif que vous me reprochez d'aimer, moi qui suis le seul père qu'il ait jamais connu jusqu'au moment où vous lui avez tourné la tête, avec toutes vos idées nouvelles prises je ne sais où... Accaparé par des camarades dont il ignore parfois le nom, le voilà perdu à présent non seulement pour son parâtre, mais pour sa mère qu'il a quittée tout jeune, au sortir de l'école, le jour où vous avez décidé de narguer la police en exhibant vos incompréhensibles banderoles... Et depuis vous ne faites plus que cela. La police ne suffit plus. On vous envoie maintenant des soldats. Résultat : ces cadavres de jeunes gens dans la rue. Ceux-là aussi sont de ces « camarades » pour lesquels vous avez tout rejeté : livres d'école, outils, maisons, et

20

familles pour vous attrouper encore et toujours en attendant que policiers et soldats vous envoient rejoindre les
cadavres sans nom que vous ne pouvez même pas enterrer, alors que vos amis, et Lakhdar peut-être, gisent ici
sous votre nez, dans la rue même où ils venaient assister à
vos réunions...

MUSTAPHA : Nous sommes nés dans cette rue, tous. Ce
n'est pas la police qui nous en délogera. Quant aux
cadavres, la vieille rue en a vu d'autres... Vous-mêmes,
pauvre vieillard, elle verra passer votre corbillard. Et tous
nous passerons par là. Ce n'est pas le nombre des morts
qui pèse sur notre rue, c'est la mort solitaire des lâches,
des inquiets de votre genre, vous les pères attardés qui tra-
hissez les ancêtres. Vous croyez assurer vos vieux jours en
nous envoyant dans des chantiers et des écoles d'où nous
sommes perpétuellement chassés par ceux dont la domi-
nation vous est devenue chère ; vous admirez la puissance,
le luxe, les armes des mercenaires qui triomphèrent de nos
communs ancêtres : la lutte n'a plus de sens à vos yeux...
Qu'est-ce que cela veut dire, sinon que vos âmes de
domestiques vous ont poussés dans l'ignominie de l'écra-
sement voluptueusement consenti, à nourrir des rêves
d'esclavage aux dépens de vos enfants, à l'exemple de vos
dominateurs ; eux aussi croient vous aimer naïvement (la
crapule est toujours naïve), puisqu'ils vivent de votre zèle,
vous associent à leur turpitude, avec le sentiment d'être,
eux aussi, des pères initiateurs... Mais vous serez les derniers dupés. Vos enfants, malgré vous, ont grandi dans la
rue. Ils n'ont pas eu le temps d'être domestiqués, et ils
vous voient vite crever avec vos rêves de béatitude. Nous
ne travaillerons plus pour les vieux jours des larbins.

TAHAR : Dans ce pays de malheur, tous les dix ans le sang
coule. J'ai vu trop de blancs-becs enflammés comme vous
courir toujours à la même défaite. Qu'avez-vous fait avec

vos drapeaux, contre les mitrailleuses ? Toutes les révoltes s'apaisent aussi vite que des sanglots d'enfant. Nos maisons sont démolies au canon. La milice et l'armée viennent renforcer la police. On vous frappe, on vous humilie, on vous fait travailler de force, on tire sur vos cortèges maudits, et tout cela rejaillit sur des innocents. Peuvent-ils compter sur vous, les neuf enfants du greffier brûlé vif, après avoir été arrosé d'essence, parce qu'il avait eu la lubie de conserver vos journaux ?

Hassan : On dirait que tu te réjouis de nous faire ce reproche...

Mustapha : Laisse croasser le corbeau. Ce n'est pas lui qui m'inquiète... Dis-moi, Hassan, te souviens-tu de ce jeune homme que le tribunal militaire condamna pour « regard outrageant à un fonctionnaire dans l'exercice de ses fonctions » ?

Hassan : Je me rappelle. Il était dans notre cellule. Après l'évasion, il nous a dit : « Pourquoi rester dans ce pays, si la vengeance est impossible ? »

Tahar : Alors vous avez, pour la plupart, quitté le pays, et vous êtes partis pour la France ; vous avez mangé à la table de vos ennemis, vous avez parlé leur langue et porté l'uniforme sous lequel on vous avait pourtant canardés. Moi, je buvais, je festoyais avec les femmes, mais je restais au pays. Aussi n'ai-je été ni soldat, ni manœuvre dans les fameuses usines de là-bas. Je pourrais à mon tour vous accuser d'infidélité, sinon de trahison. Voilà deux ans que Lakhdar est revenu de Paris. Il n'est pas venu nous rendre visite une seule fois. Sa mère est chaque jour à la fenêtre, dans l'espoir de le voir passer. J'en perds le boire et le manger.

Hassan : Le boire surtout. A présent l'odeur du vin te plonge dans un incroyable dégoût.

22

TAHAR : C'est depuis que je fais la prière. Une idée que je tiens d'un honnête commerçant. Vous ne pouvez imaginer ce que c'est d'accéder au minaret, avec des habits bien blancs et un corps pur.

Entre un messager du parti.

LE MESSAGER : Salut. *(Il s'assoit et offre des cigarettes.)*

TAHAR : Quelles sont les nouvelles ?

LE MESSAGER *(sans voir le signe de défiance de Mustapha)* : Le calme est recommandé. Ils veulent mesurer notre force, en faisant éclater de nouvelles rixes.

HASSAN : On dira que de paisibles Européens ont été attaqués...

LE MESSAGER : Nos principaux lieux de rencontre sont découverts et gardés à vue. Il ne reste plus qu'à s'enfermer, et attendre, mais ne pas se laisser cueillir. Si tous les responsables disparaissaient comme Lakhdar et beaucoup d'autres, le parti serait décapité.

HASSAN *(désignant Nedjma prostrée)* : Nous n'avons pas encore décidé de porter Lakhdar disparu.

LE MESSAGER : C'est à vous de le retrouver.

MUSTAPHA : Comment rechercher Lakhdar si l'ordre est de rester enfermés ? Nous ne savons pas s'il est parmi les victimes. Vous ne pensez pas que la police a laissé les corps en place à seule fin de nous prendre au piège ?

LE MESSAGER *(quittant la chaise)* : Peut-être. *(Il sort.)*

NEDJMA *(se levant brusquement)* : Je reviendrai vous voir.

TAHAR : Elle est folle.

HASSAN : Silence !

TAHAR : Chacun son destin. Pourquoi sortirait-elle ? Chacun son destin.

MUSTAPHA : Laisse-la faire. Tu devrais l'accompagner.

Nedjma sort, suivie à regret par Tahar.

HASSAN : Tu dis qu'elle était brouillée avec Lakhdar, le matin de la manifestation ? Circonstance bizarre. Je suis sûr qu'elle le croit mort sans nécessité, simplement parce qu'il ne voulait plus la voir. Tout à l'heure, en sortant pour la première fois, je me demande si elle n'a pas vu Lakhdar gisant dans l'impasse. Ne crois-tu pas qu'elle nous donne le change par crainte de trahir sa douleur ?

MUSTAPHA : Rien n'est plus exclusif que le deuil d'une femme.

HASSAN : Son désespoir, tu admets qu'elle répugne à le mêler au nôtre ?

MUSTAPHA : En supposant que nous ignorons ce qu'elle a certainement vu aussi nettement que nous, elle croit nous épargner...

HASSAN : ... tout en contenant le chagrin qu'elle ne supporterait plus si nous parlions à cœur ouvert. Mais comment Lakhdar l'a-t-il quittée ?

MUSTAPHA : Nous avons passé la nuit à préparer la manifestation. A l'aube, Lakhdar s'est mis à faire de grands gestes. Il voulait fermer la porte, congédier les militants, se charger de toute la besogne. Finalement, il ne resta plus que nous trois : Lakhdar, Nedjma et moi. Nous faisions effort pour résister au sommeil, comme si nous avions pressenti que cette manifestation ne se terminerait pas comme les autres... Nedjma se tenait un peu à l'écart, mais ne paraissait pas bouder. Moi seul m'approchais parfois d'elle, et lui parlais. Lakhdar s'était mis à écrire. Enfin Nedjma se leva pour ouvrir la porte. A la vitesse d'une poignée d'abeilles, le soleil fondit sur notre tête, et nous frissonnions sous ses légères piqûres, encore engourdis par la fatigue de la nuit. Nedjma et moi nous étions rapprochés de la porte, pour respirer l'air du printemps, et nous demeurions surpris par la tiédeur de l'aurore, n'osant pas rompre le charme. La voix de Lakhdar nous ramena au local. « Il n'y a pas de quoi être triste », disait-il. La fenêtre était ouverte. Penchée dans la lumière et l'odeur matinale de la rue, Nedjma soupirait. Il lui souffla encore : « Sans rancune », et s'éloigna, en me recommandant d'assurer la permanence. Alors seulement, je compris qu'ils venaient de se disputer, à la façon dont elle le regardait partir, d'un œil dur et chagrin.

> *En sortant, Nedjma aperçoit Lakhdar parmi les cadavres. Il s'est péniblement relevé. Ses vêtements, son visage sont ensanglantés. Il titube dans la rue, comme obsédé. Nedjma reste muette, fixant l'apparition sans pouvoir avancer d'un pas...*

LAKHDAR : Je me retrouve dans notre ville. Elle reprend forme. Je remue encore mes membres brisés, et la rue des Vandales prend fin à mes yeux, comme sous un orage, avant une minute précise où la nuit s'écroule au cœur des pierres, dans la poitrine des insectes que le vent et le gel fouillent jusqu'au matin. C'est alors qu'un mur immense est élevé entre la ville immense et moi. Je sors enfin de cette Mort tenace et de la ville morte où me voici enseveli.

Coups de feu lointains, irréels, renvoyés par l'écho.

Sur un arbre éperdu s'évertue ma riche famille, riche de sang et de racines, la tribu au mausolée désert qui vécut avant moi dans un arôme de café grillé; nos voisins jamais n'en donnèrent à Zohra, la mère fuie que je n'ose revoir sans la délivrer du bellâtre qui l'épousa, en l'absence de mon véritable père trépassé dans une automobile, avec une prostituée, ce père dont la mort atroce fut l'un des gouffres engloutissant les restes de la tribu, ce mort qui ne m'évoque rien, rien que la férocité du sort et dont le bref passage me laisse loin en arrière, poisson mort insensiblement procréé au-delà des entrailles maternelles, enfanté une seconde fois, évacué dans la morne digestion du requin dont il traversa la carcasse moribonde après les mâchoires sans force : ainsi ma mort traverse une autre mort prématurément paternelle, et je n'ai plus qu'un parâtre pour détourner Zohra ma mère de ma prochaine sépulture, et je n'ai plus que les amis à qui reviendra Nedjma, l'amante en exil. Et me voici doublement abattu. Mais seul je me relève, pareil aux statues mutilées que ressuscitent les séismes, ébranlant et secouant les univers par fulgurantes fureurs contre l'aveugle profanation du temps, de la mort, de la débâcle, dont rien ne délivre nos esprits survivants, sauf peut-être l'instant qui m'est échu enfin, l'instant sans durée ni retour de se mesurer à d'innombrables essaims, aux avant-postes du destin. Oh! le mortel requin perdant de la vitesse près des nageurs émerveillés; ainsi le Génie des morts est en retard sur mon histoire, maintenant qu'à l'égal des pierres je viens dormir dans la rue, et que le temps piétine, m'empruntant une forme dernière sans pouvoir se transfigurer avec moi ni déchiffrer mon masque, maintenant que le temps dispute à la mort ma mémoire loin d'eux embusquée, nul horaire ne sera plus le mien, et mon sang dilapidé ne connaîtra jamais plus de norme, ni de débit.

Coups de feu.

Nous ne sommes pas encore exilés, mais seulement vaincus dans la rue, où seul, à la barbe des meurtriers, je rampe, ni mort ni vivant, laissé en friche par la sentence du printemps, dans une odeur de maquis fracassé ; de même le porc-épic abandonnant la défensive, savoure dans son terrier la douleur des balles perdues, humectant lentement le sol de son inaccessible agonie.

Coups de feu.

Seul et dans mon ombre rôdent les dangereux appels de notre ville par vaillance quittée, par toute notre existence envahie, la ville toujours jeune, en fête au bord des ruines.

Coups de feu. Coups de feu en salves prolongées ménageant un nouveau silence où Lakhdar laissera choir son délire, et se dressera de toute sa taille pour prononcer lentement, mot à mot, la strophe suivante par laquelle il reprend conscience.

J'entends vivre le bruit du sang, je retrouve le cri de ma mère en gésine, j'entends vivre la smala sous le sirocco à mes veines parvenu, et je m'élève au crépuscule vers les ancêtres peupliers dont la statue remue feuille par feuille, au gré d'une imbattable chevauchée végétale, rappelant, dans la nuit en marche, la cavalerie dispersée des Numides à l'heure du Maghreb renouvelant leur charge.

Salve et galop, galops et salves. Silence ressuscité.

Enfin ! Pour clore, avec cet horrible cumul de temps, le cœur ravagé qui le recueille, je redeviens – non par comédie, mais par soin – l'homme violent qui n'a cessé d'empiéter sur les ombres.

> *Lakhdar regarde autour de lui, abandonnant peu à peu son obsession, et poursuit avec une sorte d'ironie.*

Tout le poids des trésors est dans les mains crispées qui me retiennent au charnier, et notre ville écroulée n'est plus que joie de vivre avec les murs.

> *Lakhdar chancelle au bord de la folie, dans un éclat de rire sardonique.*

NEDJMA *(courant vers lui)* : Lakhdar !

> *Comme Lakhdar va s'effondrer, Nedjma le soutient. Elle l'aide à s'appuyer sur la charrette. Le marchand dort profondément. Lakhdar se débat à nouveau dans son obsession.*

LAKHDAR : Les hommes abandonnés jettent sur moi leurs mains prises à de gigantesques anneaux qui viennent, à ce que je vois, de CORPS guettés par la pourriture...

NEDJMA : Je ne veux pas entendre !

LAKHDAR : Nous tous, dans cette ville insupportable aux étrangers, jamais nous ne chassons personne. N'importe quel envahisseur pourrait nous poignarder une fois de plus, et féconder à son tour notre sépulture, en apprenant sa langue à nos orphelins, tranquillement installé avec les siens, sans s'effrayer de nos protestations d'outre-tombe. Nul ne peut nous entendre. Ce n'est pas faute de crier...

Nous n'avons pas cessé d'appeler de tous nos vœux cet exil que nous vivons à votre place, sur notre cimetière, notre sol usurpé. Peut-être est-ce une ruse ?

NEDJMA *(lui fermant la bouche de sa main tendue)* : Je n'entends pas ! Je n'entends pas !

LAKHDAR *(s'efforçant de retourner parmi les cadavres)* : Laisse-moi dissimuler, en âme dénouant les derniers liens des morts, ces cerveaux qui se déchirent en fleurs anachroniques sur leur terre défendue, ô fleur tout agitée près du nectar vomi, gerbe de cerveaux obscurcis que traversèrent par essaims tant d'abeilles de plomb dans nos têtes blotties...

NEDJMA : Je ne veux pas entendre !

LAKHDAR : Va-t'en, séparons-nous sans peine de nos cœurs monstrueux. L'âme seule suffit pour traverser le monde, si peu qu'on parle en son dernier soupir. Je me tais. Toute chaude je t'ai sur le bout de la langue, et je rame en silence afin de t'aborder à marée basse. Comme un récif, ton sein me paralyse. Je nage à peine, par brasses retenues, vers le sommeil de la grotte. Et maintenant je viens te rendre l'âme. Le naufrage ne m'attire plus. Je préfère au sommeil le don de la parole, pourvu que tu me soutiennes. Mais les rivages de ta chair ne sont que gouffres et brisants. Mortellement blessé je débarque ; il me suffit d'élever la voix pour être trahi.

NEDJMA : Je t'ai guetté au fond des gorges, et j'ai connu dans l'intimité des assassins la chasse au porc-épic. Toujours tu m'as perdue.

LAKHDAR : Oui, j'ai passé mes jours dans une fosse, à épier ceux qui ne tombaient pas dans tes pièges. Ils me marchaient sur la poitrine, et tu faisais le gros dos, tu ronronnais à leur moustache. Si je réagissais, tes mutineries m'entraînaient en de nouvelles chutes dont chaque rival profitait en s'imposant dans ma cage. Il me fallut ainsi partager tes méfaits, et renoncer même au supplice.

NEDJMA : Tu mens. Qu'est-ce que c'est que ce supplice ?

LAKHDAR : Ce malentendu leur donnait tous les courages. Moi seul pouvais dissiper leur ignorance. Et les rivaux s'agitaient, pleurant parfois au-dessus de ma fosse. Je ne pouvais leur fausser compagnie, ni les consoler, moi qui portais encore ta griffe. D'ailleurs ma voix alourdissait le fardeau, si bien que toute imprécation venait rehausser ton prestige.

NEDJMA *(péremptoire et distraite)* : Simple crise de jalousie.

LAKHDAR : Mais si j'avais rompu le charme, ils se seraient résignés à me voir quitter ta captivante couche, et ils m'auraient excité contre toi. Le point culminant du supplice me serait alors apparu. Mais je ne voulais pas atteindre ton altitude, sachant que le vide était au bout.

NEDJMA : Jamais tu n'as voulu achever ma conquête. Souviens-toi du matin où tu m'a quittée, avec des sarcasmes en guise d'adieu.

LAKHDAR : Ce matin-là les soldats étaient consignés dans leurs casernes, prêts à intervenir. Nos organisateurs l'ignoraient. Je savais seulement que la police finirait par venir. J'attendais les hommes du service d'ordre, et les premiers groupes étaient déjà encadrés. Le peuple vient toujours à la rue des Vandales. C'était le moment de déferler sur l'avenue. La nuit d'avant, les policiers s'étaient installés dans plusieurs maisons. Nous étions tous sur les dents. D'un balcon, les balles partirent au hasard. La foule s'était resserrée. Tout nous servait de projectile, mais nous n'avions aucune protection. Les soldats sont arrivés. Ils ont tiré par rafales, et je me suis retrouvé à terre, avec un goût ancien dans la bouche, assourdi, insensible, mais les yeux encore entrouverts. Puis la foule s'est mise à danser, et je n'ai pas râlé, ou du moins je n'ai pas entendu mes râles, pas plus que ceux des autres blessés, car il y avait du plomb dans mon corps et du bruit dans la ville ; il me semblait tout simplement que le peuple s'était mis à danser. C'était loin d'être triste. D'ailleurs, j'avais des cigarettes. La flaque rouge où j'étais couché, je ne la voyais pas. Il faisait beau. La manifestation n'était pas terminée. Il me semblait que les soldats étaient d'un autre monde, et quant aux policiers je les avais oubliés. Mais la foule se faisait rare. Alors je ressentis ma faiblesse.

> *Un temps. Ténèbres. Silhouettes de Lakhdar et de Nedjma. Coups de feu. Ordres, gémisse- ments. Hurlements de la foule grisée par son propre massacre. Bagarres. Mêlée. Lumière. La scène est vide. Seul, le marchand assoupi devant l'oranger. C'est la nuit. Nedjma, Musta- pha et Hassan surgissent, se cachant de maison en maison.*

MUSTAPHA : Inutile d'aller plus loin. Nous ne le trouve- rons pas.

HASSAN : Il a disparu pendant la seconde bagarre.

MUSTAPHA *(d'un ton dur)* : Il aurait fallu le soigner, puis l'enfermer au local, mais ne pas le laisser là.

NEDJMA : Je ne l'ai pas laissé ! Quand nous avons entendu les coups de feu et les cris, je l'ai pris par le bras. Il était appuyé là. *(Nedjma montre l'oranger.)* Je l'ai supplié de me suivre. Il n'a pas répondu. Nous avons entendu près de nous un groupe d'hommes en armes. Je l'ai encore supplié, je lui ai crié de partir n'importe où, s'il ne voulait pas me suivre. Mais il divaguait toujours, en essayant de se redresser. A ce moment la foule fuyant sous les balles m'a submergée. Je suis tombée. Je me suis relevée, et je suis tombée encore. Les hommes s'abattaient autour de moi, me renversant sur leur passage, comme si leur dernière volonté n'était que de s'écraser sur un corps de femme inconnue.

MUSTAPHA *(d'un ton encore plus dur)* : Nous savons bien cela : même sous les balles, la femme se voit au centre du débat. C'est ainsi que tu perdis Lakhdar. Un jour tu perdras aussi ses amis, si ce n'est déjà fait.

HASSAN *(pour détourner la colère de Mustapha)* : Ce marchand est toujours là. Il a certainement vu Lakhdar.

> *Ils s'approchent du marchand. Hassan le secoue sans ménagements.*

LE MARCHAND *(en sursaut)* : Maudit soit le mécréant qui m'éveille. Oh ! pardon. Je vous prenais pour des soldats.

HASSAN : Tu n'as pas vu Lakhdar ?

LE MARCHAND : Il y en a, dans notre pays, des hommes qui s'appellent ainsi.

HASSAN : C'est un ami. Tout le monde le connaît.

MUSTAPHA *(furieux, s'approchant encore)* : Ce n'est pas le moment de s'amuser. Dis-nous si tu l'as vu.

LE MARCHAND : Non, je ne l'ai pas vu.

MUSTAPHA : Vraiment, tu ne connais pas nos hommes ? Tu es tout le temps dans la rue, et tu les connais pas ?

LE MARCHAND *(effrayé)* : Je ne connais que mon travail et mes enfants.

MUSTAPHA : Qu'est-ce que tu fais dans cette rue ? Tu ne parles à personne ?

LE MARCHAND : Ah ! mes frères, je ne fais pas de politique, moi. Qu'est-ce que ça rapporte ?

MUSTAPHA : Il y en a pour qui ça rapporte. La police aussi, ça rapporte.

LE MARCHAND : Mes frères, j'ai sept enfants. Je gagne ma vie comme je peux. C'est défendu de gagner sa vie ?

MUSTAPHA : Tu comptes sur les policiers ? Ils te laissent gagner ta vie ? Que leur donnes-tu en échange ?

HASSAN : Je vais te dire ce que tu leur donnes ; tu veux que je te le dise ?

LE MARCHAND *(affolé)* : Mes frères, j'ai sept enfants. Si les enfants n'avaient pas faim, ils grandiraient vite, et le pays serait délivré.

MUSTAPHA : Si nous étions tous indicateurs, ce serait peut-être un moyen de sortir de la misère ?

NEDJMA : Laissons-le. Ce n'est qu'un vieillard.

MUSTAPHA : Alors, tout en dormant, tu fais ce métier de chien ? *(Mustapha s'accroupit près du marchand, et le serre d'encore plus près.)* Tu rêves sans doute au gouverneur ? Tu as des rêves remplis de gémissements comme ceux des chiens ?

LE MARCHAND *(prostré)* : Pardonnez-moi. Je vous prenais pour des ennemis. Chacun commet des erreurs. Votre ami était blessé.

HASSAN *(s'approchant de l'autre côté)* : Où est-il réfugié ?

LE MARCHAND *(désignant Nedjma)* : Cette femme l'a vu. Ils ont parlé ensemble près de ma charrette, sans voir

que j'étais tout près d'eux. Puis il y a eu l'autre bagarre.
Je n'ai rien vu, je vous jure que je n'ai pas tardé à plier
bagage.

> *Noir. Coups de gong prolongés. Lumière. Le*
> *commandant bavarde avec un autre officier,*
> *montrant la carte de l'Afrique, projetée sur*
> *l'écran.*

LE COMMANDANT :... Voyez l'histoire de la Numidie. Vous
aurez l'Afrique du Nord d'aujourd'hui, à cette nuance
près que nous avons remplacé les Romains aux postes de
commande. Autrefois, il n'avait pas été facile de battre les
cavaliers de Numidie. Aujourd'hui, nous avons l'aviation,
et le pays se trouve divisé en trois. Mais c'est toujours le
même pays. Nous ne réussirons pas à submerger ses habi-
tants, même après avoir déplacé un nombre de colons
jamais atteint dans aucun autre empire africain. En Tunisie, au Maroc, aussi bien qu'ici, les mêmes hommes se
retournent contre nous. Ils reviennent à la charge, surgis
des siècles révolus, et ils mordent la poussière pour apparaître à nouveau, Numides en déroute pour d'autres
charges réunis...

> *La lumière se déplace vers Lakhdar couvert de*
> *poussière et d'ecchymoses, face à Marguerite.*

MARGUERITE : Vous avez été attaqué ?

LAKHDAR : C'est difficile à dire.

MARGUERITE : J'ai freiné juste devant votre corps. J'étais
seule au volant. Vous avez de la chance... J'ai freiné juste
à temps. Vous avez remué. J'ai entendu des mots français...

LAKHDAR : Vous avez dû confondre. Il y avait d'autres blessés.

MARGUERITE : Non, je suis sûre. Vos paroles étaient incompréhensibles. Mais c'était du français.

LAKHDAR *(rougissant)* : Ce que c'est que d'être allé à l'école...

MARGUERITE : Vous dites ?

LAKHDAR *(se reprenant)* : Rien.

MARGUERITE : J'ai eu de la peine à vous transporter. Heureusement, je suis infirmière. J'aime soigner les gens. Mais ce n'est pas mon métier. Mon père ne veut plus que je travaille. Il dit que son traitement suffit. A Paris je donnais encore quelques soins. Ici, c'est trop ignoble... Enfin, j'ai arrêté l'hémorragie.

LAKHDAR : Je me sens mieux.

MARGUERITE : Si vous voulez, je vais avertir mon père. Il fera venir une ambulance.

LAKHDAR : Vous croyez que votre père...

MARGUERITE : Il est officier.

> *Lakhdar sursaute. Marguerite le fixe attentivement, avant de reprendre à voix basse.*

MARGUERITE : Vous êtes étranger ? Non. Vous êtes Arabe. Je le vois maintenant, en vous regardant de plus près. Vous avez le sang.

LAKHDAR : Oui, j'ai le sang.

MARGUERITE *(pensive)* : C'est bizarre... Les autres, je ne peux pas les voir. Ils sont sales. On dirait des poux. Vous n'êtes pas comme eux. Étendez-vous sur mon lit.

LAKHDAR : Je dormirai chez mes amis.

MARGUERITE : Je vous laisse. Étendez-vous sur mon lit.

Marguerite sort. Entre Nedjma.

NEDJMA : Pardonne-moi. Tes amis te cherchent. On t'a vu descendre ici.

LAKHDAR : Vous aussi, vous me surveillez ? Suis-je un esclave ou un enfant ?

NEDJMA : Trop loin je t'ai suivi. Ce n'est pas moi qui te garderai. Toujours tu gis abîmé dans ton propre regard, si on peut appeler regard cette araignée qui court sur ton front. Je te poursuis pendant que tu m'aveugles et que tu me frappes. Sur moi pèse ton âme cruelle, et je porte le deuil, mais tu n'es mort que pour moi.

LAKHDAR : Jamais on ne le perd
L'amant qu'un souffle nouveau
Vient inhumer hors de saison.
Labourée loin de mes sillons
J'offre à ton joug la solitude
Et mon absence va fleurir ton abandon.

NEDJMA : Dans mes propres flancs
Tu m'as semée sans retour
Et voilà que tu te dissipes
Nuage crevé dont l'eau m'était promise.

LAKHDAR : Ainsi qu'un sac à la renverse,
Je fume avec toi confondu
Et je t'inonde bouche cousue
Plein de tes odorants nuages
Ainsi qu'un sac à la renverse,
Je fume avec toi confondu
Terre écrasée, compagne imprévisible
De ton blé dur par surprise couché...

NEDJMA : Moi qui te vis ravir sous la faux.

LAKHDAR : Mais je sortirai du silo.
>
> Et tu ne sauras plus
> Quel ancien assaut te recouvre :
> Oubliée
> Ton hibernale
> Nudité !
> Je traîne l'âme à la mort qui s'oublie.
> Qu'elle ôte ses habits de noce,
> La sorcière destinée !
> Que vierge elle s'épuise autour du feu !
> Qu'elle simule en vain
> Sa déchéance de cascade
> Au fond des grottes nuptiales !
> L'amour, la mort et l'âme :
> Remords enfouis par les ancêtres,
> Eux qui dénoncent leur vie

comme un fléau rallumé en temps de pénurie, au campement d'amants obscurs qui ne sauraient se reconnaître sans brûler leurs dernières larmes dans une lutte où l'âme adverse se sent seule !

Entrent Hassan et Mustapha.

MUSTAPHA *(montrant Lakhdar)* : Le voici. Vivant et même bavard.

LAKHDAR : Attends.

Entre Marguerite, effrayée devant les deux militants.

NEDJMA : Ne craignez rien. Nous partons.

LAKHDAR *(ému)* : Eh bien non ! Restons ensemble. *(Montrant Marguerite.)* Elle est de Paris. Chez elle, c'est comme si on avait franchi la mer.

MARGUERITE : Je vais fermer la porte.

NEDJMA *(douloureuse)* : Ne vous donnez pas tant de mal.

MUSTAPHA *(d'une voix coupable)* : Le mal est fait.

> *Cinq projecteurs fusent sur la scène. Le premier projecteur met en évidence le visage tuméfié de Lakhdar, que Marguerite fixe, fascinée, à la lueur du second projecteur, révélant cet amour nouveau, éclos à l'insu du blessé. Le troisième projecteur désigne l'impuissante provocation de Nedjma, dont l'œil amer semble dissoudre la douceur rivale. Le quatrième projecteur oscille avec le double regard que Mustapha distribue entre Nedjma et Lakhdar, Lakhdar qu'il commence à haïr et Nedjma qui achève de le désespérer. Le cinquième projecteur s'éteint le premier sur Hassan, légèrement en retrait, solitaire et solidaire à la fois. Puis Mustapha, puis Marguerite, puis Nedjma rentrent successivement dans l'ombre. Le dernier projecteur s'éteint aux lèvres de Lakhdar, au moment où il donne de la voix.*

LAKHDAR *(brisant la glace)* : Avez-vous des boissons ? Donnez n'importe quoi. Vous boirez avec nous. Ce sera sans rancune.

> *Marguerite apporte une boisson. Ils boivent à la santé de Lakhdar.*

HASSAN : Tes blessures ?

LAKHDAR : Toutes neuves.

MARGUERITE : Il a beaucoup saigné.

NEDJMA : Vous allez le remplir comme une outre ?

MUSTAPHA *(jaloux)* : Il devient insensible, pareil à ces arbres que le bec des cigognes déchire jusqu'à l'os.

LAKHDAR *(se penchant soudain vers Mustapha)* : La même cigogne *(montrant Nedjma)* te fait claquer du bec. Mais je suis tranquille. Nous sommes frères. Les corbeaux ne se profanent pas entre eux... A présent dis-moi, où sont nos hommes ?

> *Mustapha, mortifié, ne répond pas. Un silence.*
> *C'est Hassan qui répond.*

HASSAN : Il ne reste plus que nous, au district. Il faudrait regrouper les hommes. Notre local est parmi les rares qui n'ont pas été saccagés. Les journaux disent que l'état de siège ne va pas durer. Mais les hommes suspects, de dix-huit à soixante ans, sont menés loin de la ville, par convois militaires...

LAKHDAR *(à Marguerite)* : Qu'en pense votre père ?

MARGUERITE *(pensive)* : Il exécute.

MUSTAPHA : Oui, ce sont les colons qui décident. Ils ont obtenu à Paris que les pouvoirs soient en quelque sorte partagés entre la milice et l'armée. Le gouverneur lui-même est paralysé. Nous pouvons nous attendre à tout.

LAKHDAR : Peut-on chiffrer nos pertes ?

MUSTAPHA : Je ne vois que trois catégories : les victimes, les captifs, les rescapés. Ce n'est jamais fini. De l'autre côté du fossé, la nuit totale s'accumule. Ils fignolent quelque catastrophe, bien que l'alerte soit passée.

LAKHDAR : De leurs propres mains, ils anéantiront leur victoire, par crainte du châtiment.

MARGUERITE : N'espérez pas que Paris désavoue l'armée.

MUSTAPHA : Nous connaissons le pouvoir des colons. Un beau jour, ils iront vous terroriser en France. Déjà ils vous harcèlent, vous dupent, vous débordent. Ils sont vos mercenaires jamais assez puissants. Ils se retourneront contre vous, au comble de la servile arrogance.

MARGUERITE *(effrayée)* : Moins fort... De son bureau, Il entend tout.

MUSTAPHA : Qui ?

MARGUERITE : Mon père !

> *Mustapha et Lakhdar se regardent. Au cri de Marguerite, la porte vole en morceaux sous la botte du commandant, aussitôt abattu par Hassan, à bout portant. L'espace d'un éclair, Marguerite vacille, puis se place résolument au centre de l'action. Elle enjambe le corps de son père pour se saisir de Lakhdar, qui se débat abasourdi.*

MARGUERITE : Vite, emportons-les tous les deux. La voiture est devant la porte.

> *Marguerite emporte Lakhdar, qui cesse de se débattre. Ils quittent la scène, suivis par Mustapha, qui porte le corps du commandant. Hassan et Nedjma restent seuls.*

HASSAN *(subissant encore la fascination de son acte)* : C'est vraiment son père ?

NEDJMA : Peu m'importe.

HASSAN : Tu as tort de la détester. Ce n'est qu'une étrangère, simple fille dépaysée, désœuvrée, réduite à la vie de caserne, étouffée par l'esprit de caste auprès d'un père sans pitié. Sa solitude l'a jetée parmi nous comme une somnambule. Elle passe à la jeunesse comme on passe à l'ennemi, marchant sur son propre sang, sans connaître ceux dont elle choisit le camp, tirée de sa réclusion par un de ces coups du sort...

NEDJMA *(maussade)* : Peu m'importe.

HASSAN : N'es-tu pas jalouse ?

NEDJMA : Allons, tu es un âne, avec ton revolver... N'as-tu pas remarqué ? Devant moi, Lakhdar et Mustapha se haïssaient. Face à cette Française, leur amitié s'est renouée.

HASSAN : Ainsi la jalousie d'amour cède à la fraternité des armes.

> *Noir. Lumière. Coups de gong. Atmosphère de bar plein de monde. Nedjma parle, au centre de la scène.*

NEDJMA : Il est temps de dire ce qui arriva lorsque Lakhdar sortait de l'enfance ; il lui semblait alors être destiné à vivre dans un pays étranger que je ne nommerai pas... Ce fut plusieurs années après avoir mûri l'idée de son départ que toutes ces choses lui arrivèrent. Son père vivait dans un café, jour et nuit. Lakhdar se souvenait de l'y avoir accompagné, lorsque des temps de sécheresse laissèrent les hommes sans travail. Les ouvriers, les paysans, les petits fonctionnaires et même l'avocat ne quittaient pas le café. Ils buvaient peu ou beaucoup. Ils jouaient aux cartes ou aux dominos. Ainsi passaient les mauvais jours. L'avocat lisait des journaux, en se frottant les yeux ; les autres renversaient la tête pour réfléchir. Le père de Lakhdar voulait passer inaperçu. « Les journaux sont comme les formules des sorciers, disait-il, tout le monde ne peut les déchiffrer... » Un matin, la police fit plusieurs rafles dans la rue. Chacun courut se réfugier dans les cafés, les boutiques, les bains, et jusqu'à la gare... Et Lakhdar entra au café...

> *Nedjma quitte la scène. Les ouvriers, les paysans, les petits fonctionnaires et l'avocat sont au centre de la scène. Tahar est parmi eux. Au fond se tient Mustapha. Lakhdar se glisse vers lui.*

LAKHDAR *(qui vient d'apercevoir son parâtre, grogne)* : Il y a du monde aujourd'hui.

TAHAR : Avec toi, ça fait un de plus.

LAKHDAR : Je ne te cherche pas, mon père, je ne cherche qu'à être tranquille.

MUSTAPHA : Assieds-toi, camarade, respecte un peu ton père.

> *A ce moment, l'avocat, en arrêt devant son journal, pousse un petit cri.*

L'AVOCAT : Ça y est ! le chef du parti est condamné. Vingt ans de travaux forcés.

UN FONCTIONNAIRE *(indifférent)* : Voilà le maître qui pleure.

L'AVOCAT : Ce n'est pas vous qui prendrez la peine de nous informer...

LE FONCTIONNAIRE : Excusez-moi, maître, mais vous avez une mauvaise manière d'apprendre les choses.

MUSTAPHA : Condamné selon la loi ? Pardon, maître... Comment a-t-on condamné le chef ?

L'AVOCAT *(d'un air entendu)* : La loi, et les colons : il est bien condamné.

LAKHDAR : Et le voilà sans défense ?

L'AVOCAT : Ce n'est pas la première fois. Il mourra en prison.

UN PAYSAN : Plus d'espoir, alors ?

MUSTAPHA : Il me semble, maître, à vous entendre, que nous serons tous tôt ou tard condamnés ?

L'AVOCAT : Ah ! mon fils, vous m'avez compris ! Sans cesse la loi nous menace, et nous le fait bien sentir par des sentences pareilles. Cependant la loi ne frappe point les masses. Tant que nous serons ensemble, elle nous laissera vivre soumis. Si par malheur un mécontent...

TAHAR : Bravo, maître, instruisez-nous !

LAKHDAR : Vous voulez dire que le chef du parti a été le seul à se rebeller, et que toujours il récidive sans pouvoir nous convaincre ? Vous voulez dire que nous ne l'avons pas suivi jusqu'au bout ?

L'AVOCAT : Oui, mon fils, toi aussi tu comprends. Je prétends qu'il est insensé de sortir d'un peuple affamé, ignorant comme le nôtre, pour tomber de soi-même sous le coup de la loi. Vous voyez bien que ce malheureux, en définitive, se trouve abandonné. Sa condamnation ne sert qu'à nous intimider un peu plus, et nous ne faisons que subir les rafles sans y être pour rien...

LAKHDAR : Bravo, maître, vous avez dû connaître beaucoup de juges. Vous en parlez sagement.

L'AVOCAT *(modeste)* : Il y a vingt ans que je suis inscrit au barreau...

LAKHDAR : Je pense à cet homme qu'on vient de condamner. Lui aussi est inscrit au barreau pour vingt ans, mais de l'autre côté du prétoire... Comprenez-vous, maître, comprenez-vous ?

L'AVOCAT *(perdu)* : Oui, j'ai connu beaucoup de juges.

LAKHDAR : Vous les avez connus d'homme à homme ?

L'AVOCAT : Certes, depuis vingt ans que je suis inscrit...

LAKHDAR : Donc leur loi n'est pas inaccessible... Il suffit de s'inscrire au barreau. Vous me donnez envie de le faire.

L'AVOCAT *(agacé)* : Il est bien tard, jeune homme, pour finir vos études...

LAKHDAR : Approchez, approchez tous ! Tout le monde peut ici s'inscrire au barreau. Mais ce sera de l'autre côté du prétoire, car la loi va changer de camp. Maître, votre condamnation sera légère...

UN OUVRIER : Pour une fois qu'il paie à boire !

L'AVOCAT : Dieu vous aide, mes enfants. Je vais voir si le journal est arrivé.

L'avocat sort, salué par la joie générale.

MUSTAPHA : Le maître n'aime pas notre enthousiasme.

UN FONCTIONNAIRE : C'est un homme libre, mais il a des soucis.

UN OUVRIER : Moi je préfère ma tête d'esclave.

LAKHDAR *(à Mustapha)* : C'est le moment de nous y mettre...

MUSTAPHA *(tirant un carnet de sa poche)* : La séance est ouverte.

> *Ouvriers et paysans se rapprochent en silence.*
> *Tahar reste seul au comptoir.*

LAKHDAR *(à Tahar)* : Nous commencerons quand tu seras parti.

TAHAR *(au patron du café)* : Avec eux tu feras fortune.

> *Tahar sort, suivi par les quelques petits fonc-*
> *tionnaires. La réunion commence dans un léger*
> *brouhaha. Puis on entend une partie de l'ex-*
> *posé qui se détache à voix basse, attirant l'at-*
> *tention.*

MUSTAPHA : ... Leurs cellules ne sont pas les nôtres : elles ne suffiront jamais à isoler nos prisonniers. Il faut organiser les salles communes, malgré la présence des condamnés de droit commun ; ne pas être arrêtés par surprise, mais pénétrer dans les pénitentiers, avec un plan de libération totale, comprenant même les bandits de droit commun, car nous n'avons pas à juger ceux qui sont à l'autre bout de nos chaînes.

> *Une à une s'éteignent les lumières, tandis que*
> *les militants se lèvent et s'en vont chacun de*
> *son côté. L'obscurité se fait sur les ombres de*
> *Lakhdar et Mustapha, projetés sur l'écran. En*
> *gros plan, barreaux de la prison militaire. A*
> *l'intérieur, Lakhdar, Mustapha et Hassan sont*
> *réunis dans la même cellule. Les spectateurs*
> *reconnaissent tour à tour les visages des trois*
> *prisonniers, qu'ils ne verront plus tout le long*

de la scène, mais dont ils entendront les voix
distinctes transmises par haut-parleur. Devant
les barreaux figurés en gros plan, des deux
côtés de la rue qui débouche sur la lucarne de
la cellule, se tient le chœur de la foule, en deux
rangées débordant l'une sur l'autre. Les per-
sonnages du chœur ne sont pas symboliques,
sauf Marguerite, la Parisienne, qui tranche par
son élégance, ses allées et venues mélanco-
liques au milieu de la rue, car elle attend seule
des nouvelles de Lakhdar, alors que la foule
vaque à ses occupations, se promène ou som-
nole, tout cela dans une sorte de recueillement
nécessaire à l'audition du trio emprisonné.

HASSAN : Ils ne te fusilleront pas. Simple comédie pour te faire parler.

LAKHDAR : Ils m'ont dit que ce serait pour demain, à la première heure. Ils semblaient attendre ma réponse.

MUSTAPHA : C'était dur, d'apprendre cette nouvelle ? Plus dur que les tortures ?

LAKHDAR : Une fois la sentence entendue,
    Le temps n'est plus qu'un souvenir de fusillade future.
    D'elles-mêmes s'arrêtent les larmes
    Avec un bruissement de cataracte souterraine.
    Seules surnagent les dernières journées de l'hiver.
    Ce sont des souvenirs d'école...

MUSTAPHA : Nous étions ensemble...

LAKHDAR : ... Le même hiver, Mustapha et moi, confondant nos deux bandes rivales, précurseurs vigilants à la sortie de l'école où nous arrivions aussi les premiers.

Mustapha : J'y songeais. J'y songeais pas plus tard que ce matin. Et maintenant je m'en rends compte : ce n'était rien de vivre ensemble, avant de se découvrir une mémoire commune, avant d'en mesurer l'égale profondeur pour ne plus douter que l'un de nous sera toujours là.

Lakhdar : Aussi, songeant aux jours d'hiver,
  t'ai-je associé à la chute prochaine,
  comme à la sortie de l'école, au temps des bousculades.
  Alors nous ignorions la sentence ennemie.
  Mais à présent
  je sens mon sang jaillir
  au visage d'hommes toujours les mêmes. Dès l'enfance, je les voyais comme des ennemis. Déjà la haine m'étouffait,
  la haine et le besoin
  De les prendre un jour face à face
  Pour savoir s'ils nous ont vraiment vaincus.

Mustapha : Dès l'enfance nous avons su qu'il faudrait les battre. Dès que nous avons pu courir, nous avons pris la fronde et le maquis. En vain, ils ont prévenu nos coups. En vain nous périssons à leur place : notre sépulture leur sera toujours réservée. Ils tomberont comme des mouches par le seul effet de notre absence. Comment pourraient-ils vivre sans nous ?

   Tour à tour les deux moitiés du chœur répètent :

« ... Comment pourraient-ils vivre sans nous ? Par le seul effet de notre absence, ils tomberont comme des mouches. Comment pourraient-ils vivre sans nous ? »

   Ainsi la voix du prisonnier a décliné dans le chœur de la foule qui la renvoie en écho, dési-

gnant à la fois dans cette fin de strophe les pri-sonniers et leurs bourreaux, alors que la même fin de strophe avait un sens unique dans la bouche de Mustapha, et ne désignait que les bourreaux. La voix de Lakhdar succède aussi-tôt à celle du chœur.

LAKHDAR : Est-ce que l'approche de la mort rend notre colère plus terrible,
Est-ce que nous vivons les rêves belliqueux de l'enfance,
Est-ce la guerre ou est-ce un rêve ?
Il y a cent ans qu'on nous désarme.
A peine reste-t-il de quoi partir pour la chasse...

LES DEUX MOITIÉS DU CHŒUR *(répétant tour à tour cette fin de strophe)* : « A peine reste-t-il de quoi partir pour la chasse... Il y a un siècle qu'on nous désarme. Est-ce la guerre ou est-ce un rêve ? »

Un silence s'établit, et la voix de Hassan reprend doucement.

HASSAN *(dans un murmure)* : Ne pourrais-tu dormir un peu ?

MUSTAPHA : Le sommeil n'est plus de ce monde
Pour celui qui verra l'aurore toute nue
Comme un amant défiant la nuit à la course...

LES DEUX MOITIÉS DU CHŒUR *(répétant tour à tour)* : « Comme un amant défiant la nuit à la cours... Pour celui qui verra l'aurore toute nue, le sommeil n'est plus de ce monde. »

Puis Hassan reprend *(d'une même voix avec Mustapha,
en un duo regroupant les deux moitiés du chœur qui hante
Marguerite)* :

> Et nous ses compagnons de cellule
> Veillant le même Lakhdar toujours pressé,
> Le même Lakhdar à court de temps et d'espace,
> Déjà nous trébuchons à son regard,
> Éblouis dans l'essaim d'ardent métal qui le traverse
> A la minute de hauteur
> Où sa tête attire la foudre
> Et fait s'incliner les fusils.

> *En expirant à ce dernier vers, les voix confon-
> dues de Hassan et de Mustapha font un duo qui
> regroupe les deux moitiés du chœur autour de
> Marguerite. Le chœur entier reprend alors toute
> la strophe, s'adressant à Marguerite silencieuse.
> Puis le chœur envahit rapidement la prison et
> demeure invisible, tandis que Marguerite est res-
> tée seule dans la rue. Et la voix de Lakhdar
> reprend.*

Lakhdar : Je ressens mieux l'oppression universelle
> Maintenant que le moindre mot
> Pèse plus qu'une larme.
> Je vois notre pays, et je vois qu'il est pauvre.
> Je vois qu'il est plein d'hommes décapités.
> Et ces hommes, je les rencontre un par un dans ma tête,
> Car ils sont devant nous, et le temps nous manque pour
> les suivre !

> *Tout le chœur, encore invisible, répète ce der-
> nier vers :*

« Car ils sont devant nous, et le temps nous manque pour
les suivre ! »

Après quoi la voix de Lakhdar reprend.

LAKHDAR : A chaque année, à chaque vague profonde
    De nos spectres en vain poignardés
    C'est le même plongeon dans le roc
    C'est une perdition nouvelle
    Toujours plus longue à déplorer
    Mais rarement notre âme se lamente
    Car nous tenons le Temps blessé entre nos dents
    Comme autant de jeunes penseurs
    Enfouis dans les temples.
    Car au-delà des stèles nous arrivent
    De dangereuses souffrances
    Troublant notre mort à sa source.

> *A ce moment surgit un groupe de soldats qui
> pénètrent dans la prison. Ils en sortent presque
> aussitôt, escortant trois inconnus qui sont
> fusillés symboliquement dans la rue, à la lueur
> d'un projecteur qui indique le point du jour.
> Puis les soldats quittent la scène, et le chœur
> sort de la prison pour inhumer, par gestes, les
> trois corps. Murmurant la prière des morts, le
> chœur se range ensuite des deux côtés de la rue
> comme auparavant, autour de Marguerite, tou-
> jours en attente. Pendant ce temps, le projec-
> teur a cessé d'éclairer les trois fusillés pour
> annoncer l'aurore à Lakhdar, désormais seul.*

LAKHDAR : C'est le moment. Qu'ils me laissent voir le
jour, ne serait-ce que le temps de chasser les idées noires.
C'est le moment de ne plus avoir de tête. Soudaine inva-
sion : tout ce que je cherchais était à ma recherche ! Nous
voici sous le vent contraire implacablement gouvernés.

LES DEUX PARTIES DU CHŒUR *(répétant tour à tour)* :
« Nous voici sous le vent contraire implacablement gouvernés. »

> *Deux officiers entrent dans la prison. De la scène, on les entend torturer Lakhdar.*

PREMIER OFFICIER : Tu seras exécuté dans ta cellule.

> *Hurlements de Lakhdar. Le projecteur affolé balaye les murs de la prison, tandis que les deux parties du chœur répètent lugubrement :*

LE CHŒUR : « Dans ta cellule tu seras exécuté. Tu seras exécuté dans ta cellule. »

> *Après un long silence, on entend reprendre l'interrogatoire.*

PREMIER OFFICIER : Regarde-le. Quels yeux il fait... Je n'ai jamais vu ça.

DEUXIÈME OFFICIER *(à Lakhdar)* : Remarque bien qu'on le fait seulement pour la forme. Le chef a l'intention de t'expédier. Allons, parle !

LAKHDAR *(hurlant dans le haut-parleur)* : C'est ça votre exécution ? C'est ça ? A vous de parler. Allons, parlez !

> *Le chef de la police entre à son tour dans la prison. C'est un officier sans uniforme. A son entrée, on entend Lakhdar hurler à la mort. Un silence. Puis on entend la fin de l'interrogatoire.*

LE CHEF DE LA POLICE : Alors, vous n'avez pas fini avec lui ?

PREMIER OFFICIER : On dirait qu'il a perdu la raison. Les tortures, sur un type comme lui, soit dit sans vous manquer de respect, ça ne donne rien. Ils sont habitués.

LE CHEF : Il est foutu. Il aura des visions toute sa vie. Il criera comme un possédé. Qu'il retourne chez ses amis. Qu'il retourne chez sa mère. Quand ils le verront, ils comprendront.

> *Lakhdar quitte la cellule sans escorte. Il titube dans la rue surpeuplée, entre les deux parties du chœur, au-devant de l'apparition symbolisant l'ennemi : c'est Marguerite, que le chœur regroupé accable de sarcasmes.*

LE CHŒUR (*désignant Marguerite*) : Voici la Parisienne
 L'âme de la ville ouverte
 La fille du bourreau
 La gerbe atroce des fusillés
 Voici la Parisienne
 La millénaire
 L'ingénue
 Voici la Parisienne
 L'ignorante
 La cruelle
 La fille du bourreau
 Elle tarde, elle a tant tardé
 A rejoindre le camp des victimes
 Voici la Parisienne.

> *Lakhdar prend Marguerite par le bras. Comme le chœur continue à murmurer, Lakhdar lui répond, en entraînant Marguerite.*

LAKHDAR (*désignant Marguerite*) : Elle tarde, elle a tant tardé

A rejoindre le camp des victimes
Jamais je ne l'aimerai
Mais je l'ai toujours regrettée.

> *Aspect normal de la rue. Marchands. Femmes voilées faisant des emplettes. Lakhdar, égaré. Le marchand devant l'oranger.*

UNE FEMME : Voici Lakhdar ! En chair et en os. Et on dit qu'il est mort.

LE MARCHAND : Oranges douces
Oranges aigres
Oranges mi-aigres mi-douces
A la pièce, au kilo. Oranges !

LA FEMME : Deux oranges... Barbe du diable ! Pèse-les ! Tu préfères vendre à la pièce.

LE MARCHAND *(évasif)* : Si c'est Lakhdar qui paie...

LAKHDAR *(qui a entendu d'assez loin)* : Hein ? Quoi ?

LA FEMME *(au marchand)* : Ramasse ton argent.

LAKHDAR *(arrivé près de la charrette)* : Que me voulez-vous ?

LA FEMME *(à voix basse)* : Suis-moi, Lakhdar, je te ferai retrouver la raison.

LAKHDAR *(encore hagard)* : Je n'ai pas entendu.

LA FEMME *(prenant Lakhdar par la main)* : Allons.

> *Ils s'écartent.*

LA FEMME : Qui suis-je, selon toi ?

LAKHDAR : Ma sœur, ou la sœur d'un autre, peu importe.

LA FEMME : Qu'est-il advenu de Nedjma ?

LAKHDAR *(les yeux levés au ciel)* : Autrefois c'était la Grande Ourse. Après cela j'ai dormi. Comment la distinguer en plein jour ?

LA FEMME *(tristement)* : Te voilà bien changé... *(A part.)* J'aurais préféré m'asseoir sur sa stèle, au lieu de le voir vaciller comme un aveugle ou un fou. Plaise à Dieu que la nuit tombe enfin sur lui...

> *Toutes les lumières s'éteignent un instant. Lorsqu'elles se rallument, la femme dévoilée s'avère être Nedjma. Lakhdar a disparu dans la coulisse. Nedjma est cette fois en compagnie de Marguerite et de Tahar.*

TAHAR *(ivre mort)* : Jeunes et crues se mangent les colombes...

NEDJMA : Vieux renard à la gueule empestée
Je ne sais ce qui me retient de te broyer les dents
Rien que d'un coup de bracelet.
Viens, Marguerite, cet homme ne m'est rien, bien qu'il ait fait mon malheur. Ne réponds pas à son salut.

> *Tandis que les deux jeunes femmes se retirent, surgit Lakhdar qui va droit sur Nedjma.*

NEDJMA *(tremblante)* : Viens, Marguerite ! Partons !

LAKHDAR : Pardon, ma sœur, où vas-tu ?

NEDJMA *(détournant les yeux)* : Il est fou ! Je ne veux pas le voir.

> *A ce moment Tahar, qui était dissimulé au fond*
> *de la scène, s'approche en tapinois.*

TAHAR *(fulminant entre ses dents)* : Ciel ! Ils ont lâché la vipère !

> *Tahar bondit sur Lakhdar, et le poignarde. Les*
> *deux femmes et l'assassin fuient dans des direc-*
> *tions opposées. Lakhdar chancelle vers l'oran-*
> *ger auquel il reste accroché pour ne pas*
> *s'écrouler. La foule se répand autour de lui.*

UN HOMME *(apitoyé)* : Encore un malheureux qui s'en va...

LAKHDAR *(s'accrochant toujours à l'oranger)* : Hé, l'homme ! Tu pleures parce que la révolte est brisée ? Ne pleure pas.

UN AUTRE HOMME : Tous les miens sont morts brûlés. La maison est en cendres. Cette année commence et finit mal...

LAKHDAR *(luttant contre le délire)* : Ensemble nous dormirons, quand l'arbre m'aura laissé choir.

UNE FEMME : Moi j'avais un fils dont le nom seul m'est
    odieux...
    Revenu jusqu'à mon délicat secret de jeune fille,
    Le nom du fils perdu pèse bien plus à mes entrailles,
    Bien plus qu'au temps où il dormait à l'abri
    Avant d'être coupé de la sphère charnelle,
    Contraint à l'atterrissage
    En ce désert où il manque sa faim à ma bouche,
    Et je hais jusqu'au nom qu'on lui donne
    Pour le ravir encore à mon secret,
    Et je ne guette plus la course des années
    Avec l'ancien désir de plénitude,

Moi qui perdis trois saisons sur quatre
Pour accoucher d'un monstre fugitif.

*La foule se groupe en un chœur rangé des deux
côtés de la rue, femmes et hommes se faisant
face pour composer les deux parties du chœur.
Seules les femmes répètent d'une même voix la
strophe précédente, reprenant à leur compte les
lamentations maternelles. Puis la femme qui
avait parlé à Lakhdar reprend le cours de ses
confidences, jusque-là renvoyées en écho par le
chœur des femmes.*

LA MÊME FEMME *(à Lakhdar)* : A peine adolescent, il est
parti pour la France, mais je sais qu'il est revenu... Jamais
il ne me rend visite, et il persiste à vivre dans la rue
comme un bandit.

*Ici la rangée des femmes ne reprend que la fin
de la strophe, pour en élargir le sens primitif.
Chacune des femmes s'adresse à l'homme qui
lui fait face, et l'associe au reproche qui vient
d'être adressé à Lakhdar.*

CHŒUR DES FEMMES *(s'adressant à leurs compagnons)* :
Jamais vous ne nous rendez visite, et vous persistez à
vivre dans la rue comme des bandits.

*Lakhdar, toujours accroché à l'arbre, répond
alors au reproche qui lui a été fait à lui seul
précédemment.*

LAKHDAR :
Va, pauvre femme, tu as tout le temps de pleurer.
Pour toi l'époux et le fils ne font qu'un :

Ils sont morts l'un et l'autre,
Avant que la terre s'ouvre à ta déchéance,
Car un parâtre est toujours là
Pour assombrir ton veuvage
Et poursuivre ton orphelin.

LA FEMME *(se rapprochant de Lakhdar)* : Que dis-tu, mon fils, que dis-tu là ? Se peut-il que mon secret soit aussi le tien ou n'est-ce que délire et pressentiment ?

LAKHDAR : En vain je parle de moi au passé...

LA FEMME *(se rapprochant encore)* : Dis-moi seulement si Lakhdar est mort. Car le deuil est mon privilège, et je pose à toute agonie cette question cruelle.

LAKHDAR : Jamais je ne pourrai te rassurer.
Moi le dernier des paysans
A mon arbre sacrifié
Je ne sais ce qui me retient
De l'homme que j'étais
Ou du poignard qui me supplante.

> *Ici la partie masculine du chœur s'adresse à la rangée des femmes, reprenant à son compte le début de la strophe précédente.*

CHŒUR DES HOMMES *(s'adressant aux femmes)* :
Jamais nous ne pourrons vous rassurer.
Nous les derniers des paysans
A nos arbres sacrifiés
Nous ne savons ce qui nous retient...

> *Lakhdar reprend ici toute la strophe qu'il achève à l'intention de sa mère désormais identifiée : la femme qui s'est rapprochée de lui.*

LAKHDAR : Jamais je ne pourrai te rassurer.
    Moi le dernier des paysans
    A mon arbre sacrifié
    Je ne sais ce qui me retient
    De l'homme que j'étais
    Ou du poignard qui me supplante.
    Que gagnerait ici la veuve de mon père
    A me savoir assassiné
    Par le second époux qu'elle n'a pas choisi ?
    As-tu vu les serpents jouisseurs
    Se tordre dans les foins ? Ainsi ma mémoire
    Se meut à travers le meurtre et l'exil.
    Et ce poignard qui dans l'arbre me pousse,
    C'est l'éblouissement dont le jeune scorpion s'hypno-
    tise ;
    Encerclé au maquis de mon origine, je ne dois rien au
    parâtre,
    Pas même l'assassinat, pas même le geste du sacrifice,
    Car il est loin d'être Abraham, et je ne suis qu'un chat
    Par une chouette écorché sur la branche la plus fragile
    Dont je n'attends que la chute pour aveugler l'oiseau
    diurne
    Dans le feuillage où il me croit assoupi.

> *Roulements de tambour. La foule en efferves-*
> *cence vide la scène. Il ne reste plus que Lakh-*
> *dar toujours agrippé.*

VOIX DU CHŒUR *(se dispersant dans le lointain)* :
    Militants du parti du peuple !
    Ne quittez pas vos refuges !
    L'heure des combats est encore loin.
    Militants du parti du peuple !

> *Mustapha et Hassan entrent sur scène, tout en*
> *s'entretenant.*

MUSTAPHA : Partons. Retirons-nous dans les montagnes.

HASSAN : Les paysans nous donneront asile.

MUSTAPHA : Allons refaire nos forces.

HASSAN : Nous reviendrons plus acharnés.

MUSTAPHA *(s'immobilisant)* : Arrête. N'est-ce pas Lakhdar ? *(Il montre l'arbre.)*

HASSAN : C'est lui, sans aucun doute, encore une fois blessé !

LAKHDAR : Salut, salut ! Ne partez pas sans un mot, comme on quitte un défunt... Au moins, laissez-moi du tabac.

MUSTAPHA : Tu ne peux demeurer dans cette position. *(Il marche vers l'arbre, suivi par Hassan.)* Nous allons te porter.

LAKHDAR *(d'un ton violent)* : Restez où vous êtes ! *(Sa voix se brise. Il reprend difficilement, sans baisser le ton.)* Je ne sens plus le poignard. J'ai presque l'illusion qu'il est planté dans l'arbre. Comme un bouclier je résonne, insensible, depuis que la mort m'a pris par l'épaule, en sa caresse inespérée. Restez où vous êtes ! Si vous voulez extraire le poignard, il faudra que je vous tourne le dos, et il faudra lâcher cet arbre, alors que je péris pour le protéger de la grêle.

MUSTAPHA : Tu te tiens debout, en cette pendaison volontaire, mais tu refuses de faire un pas en avant !

LAKHDAR : Demande à l'arbre. Demande-lui s'il peut marcher, ou si je dois ouvrir la marche.

MUSTAPHA : Alors nous te porterons.

LAKHDAR : On n'emporte que les cadavres. Partez, et laissez-moi du tabac.

Roulements de tambour.

LA VOIX DU CHŒUR, DANS LE LOINTAIN : Militants du parti
du peuple !...

> *Mustapha et Hassan s'arrachent à l'ami agoni-*
> *sant.*

HASSAN : Laissons-le. En vain il lutte avec son cadavre.
Comment pourrait-il nous suivre ?

MUSTAPHA : Oui, laissons-le. Pour lui, nous ne sommes
pas plus persuasifs que des arbres. Il lutte avec son
cadavre.

> *Hassan et Mustapha scrutent longuement le*
> *visage assombri de Lakhdar, qui brise soudain*
> *le silence, au moment où Hassan et Mustapha*
> *quittent la scène lentement, comme s'ils sui-*
> *vaient un cortège irréel.*

LAKHDAR : Adieu, camarades ! Quelle horrible jeunesse
nous avons eue !

> *Ici entre en jeu la mère de Mustapha, à la*
> *recherche de son fils parti pour l'exil. Elle*
> *tâtonne devant l'arbre sans voir Lakhdar. Elle*
> *porte la tunique bleue des hôpitaux psychia-*
> *triques. Ses cheveux à peine blanchis sont dres-*
> *sés sur sa tête. Son regard fulgurant ne s'arrête*
> *à rien, et ni sa silhouette cassée ni ses gestes de*
> *douleur n'ont plus rien de féminin. Un glapis-*
> *sement d'oiseaux maléfiques traverse parfois*
> *son délire. Elle prononce « Mustapha ! » d'une*
> *voix toujours différente, comme si elle pouvait,*

*à travers ce nom mué en formule magique, sai-
sir l'image dissipée de son fils.*

LA MÈRE : Mustapha ! Mustapha ! *(Cris d'oiseaux.)* Mustapha !

LAKHDAR : Il est toujours là. Il m'attend dans ce monde, et
je l'attends dans l'autre. Nous passons notre vie à faire
nos adieux.

LA MÈRE *(toujours en état d'hypnose)* : Mustapha ! Mustapha ! *(Cris d'oiseaux.)*

LAKHDAR *(répondant en écho)* : Mustapha !

> *Cris d'oiseaux maléfiques, se terminant par un
> gazouillis de printemps. La folle se recueille
> tête baissée, puis sa voix s'élève, légère et
> déchirée, reprise par le chœur invisible des
> pleureuses.*

LA MÈRE *(s'accroupissant devant l'oranger qui soutient
Lakhdar)* :
> Sur le banc du grand hôpital
> Je suis la folle évadée
> Veuve en sursis, et mère en quarantaine.

> *Cris d'oiseaux prononcés par le chœur des
> pleureuses, qui reprend la strophe précédente,
> puis le dialogue se poursuit entre Lakhdar ago-
> nisant et la mère de Mustapha.*

LA MÈRE *(reprenant sa course tâtonnante autour de
Lakhdar)* :
> J'ai laissé grandir les lionnes
> Sans pouvoir peigner leurs cheveux
> Les oiseaux me l'avaient prédit !

On a dû égorger le fils
Et les filles, leur raser la tête
En souvenir de leur mère démente
Et les oiseaux, en sautillant, se moquent
Se moquent de moi, se moquent
Du fils qui m'attend sur le banc
Sur le banc du grand hôpital.
Lakhdar : Il m'attendait aussi
A l'endroit où sa mère divague
Sans égard pour ma verte potence
Et sans un mot, de même il m'a quitté
Pour se serrer contre d'autres arbres
Ainsi nos astres se succèdent
Femmes et hommes, corps et biens :
Rien ne résiste à l'exode
Et la mère d'un autre est devenue la mienne
En ce triple et sinistre abandon !

> *Le chœur invisible des hommes reprend dans le lointain.*

LE CHŒUR : La nuit tombe, et tout notre Univers se penche
A la fenêtre du néant !
Ne jetons pas la pierre à la folle
Elle qui s'est levée pour fermer la fenêtre
Et c'est pourquoi ses yeux sont abîmés.

LA MÈRE *(tombant et se relevant dans sa fuite)* : La nuit est cause de ma chute
Et les oiseaux se moquent

> *Électro-choc ! Électro-choc ! Électro-choc ! crie le haut-parleur, tandis que l'arbre s'éclaire d'un trait de foudre, et que, simultanément, les oiseaux maléfiques font entendre leurs cris.*

Se moquent de moi, se moquent...

Pendant que la mère de Mustapha bondit hors de la scène, le chœur tout entier reprend :

LE CHŒUR : Ainsi nos astres se succèdent
Hommes et femmes, corps et biens
Rien ne résiste à l'exode.

Le vent commence à siffler, tandis que Lakhdar se raffermit sur l'arbre, dans un dernier effort.

LAKHDAR : Sans égards pour ma verte potence
Trop d'hommes, trop de femmes sont passés
Triste cortège où c'est le mort qui veille et qui suit les absents.

La lumière s'éteint. Le vent siffle plus fort. C'est le vent de la mort. Le marchand et sa charrette entrent en scène, faiblement éclairés. Lakhdar et l'arbre sont rentrés dans l'ombre.

LAKHDAR : Toutes les peines sont capitales
Pour celui qui parvient au centre,
Au centre du destin.
Ici un souffle me résume, et ma langue enfin cor-
rompue
Avec les algues va nourrir l'immensité.
C'est ici qu'il faut tout vomir
Les peines, les soucis, les chimères, les sciences
Et comme l'océan il me faut rendre gorge
Sans retenir ni perle ni cadavre
Et il me faut passer aux aveux
Si je veux repartir à vide
A l'autre bout du destin

Où n'entre plus ni masque de tragédie
Ni foule ni passant,
Au sein des chastes altitudes
Où le baiser surabonde en étoile
Où la crinière commence au talon
Où le savoir est un éclair fidèle
Et l'amour une seule nuit sans mémoire.

Noir. Lumière. Coups de gong prolongés. Le marchand endormi sous le mur. Lakhdar adossé à l'arbre.

LAKHDAR : Hé, l'endormi !

LE MARCHAND *(sans lever la tête)* : Parle toujours, mon garçon. Je ne crois guère aux fantômes. Tu peux te cacher derrière les arbres. J'ai passé l'âge de la peur.

LAKHDAR *(entre ses dents)* : Toujours au moment des aveux
La scène paraît vide
Tant pis. Pour moi seul je réunirai donc la cellule.
Parmi tous les absents que rien n'excuse, un seul me pèse encore :
Mon père dont on rapporta le corps dans une couverture
Alors que j'attendais de lui la fin d'un conte et d'un rêve confondus.

Un jour il s'était enfoncé dans les tavernes, en compagnie d'ivrognes et d'assassins. Ils étaient tous à la recherche d'une étrangère très belle et très instruite, si belle et si réservée que déjà les amis de mon père s'étaient battus jusqu'à l'aurore pour se frayer un passage dans la foule et la rejoindre, dans le superbe hôtel où son amant la recevait. Mon père était dévoré par la colère et le dépit, sur les traces de cette femme que l'on suivait respectueusement dans les noces... Ce jour-là, il fut cruellement blessé au visage par un rasoir qu'un vieil homme lui jeta d'une fenêtre, alors qu'il guettait l'indifférente courtisane, et il jetait à la barbe de ses amis des gerbes de sang épais et brûlant. Et moi non plus, je ne pouvais m'empêcher de jeter des cris atroces, rien que pour me soulager de la honte et des passions sans fin de mon père, car je venais de naître, et je criais soir et matin, comme pour désigner l'homme infâme qui me prenait dans ses bras pour m'exhiber devant l'objet de son dépit et de sa haine : cette étrangère qui ne manquait pas de paraître à sa fenêtre aux heures tardives où je hurlais de sommeil, du fond de la passion paternelle... Enfin, elle descendit d'un pas alerte, l'étrangère en personne, avec son visage impur et ses gestes que la foule observait comme un rite, la femme au parfum inconnu qui m'entoura de ses bras, tandis que je humais le plus lourd et le plus beau de ses seins (il me semblait qu'elle en avait d'autres, puisque mon humble mère n'en avait que deux) et que mon père, cloué devant l'étrangère qui me caressait en souriant et d'autres gens qui s'arrêtaient à ce singulier tableau, se plongeait dans un silence qui m'emplissait de remords et de jalousie, moi l'enfant de six ans si gravement atteint par la passion paternelle, moi qui fus le plus violent rival de mon père alors que je n'avais pas toutes mes dents, moi qui ne voulus jamais admettre que l'étrangère avait disparu, que mon père avait été emporté dans une couverture, alors que je jouais avec Nedjma dans la rue, Nedjma la fille de l'étrangère que mon père avait enlevée.

> *A ce dernier mot Lakhdar s'écroule devant l'oranger foudroyé. Les lumières se rallument. Ali, poursuivi par Nedjma, grimpe sur l'oranger. Coups de gong prolongés. Le cadavre de Lakhdar disparaît peu à peu sous un nuage de*

feuilles mortes. Ali est assis à califourchon au
sommet de l'oranger. Il taille une branche four-
chue pour en faire une fronde.

NEDJMA : Descends de là ! Veux-tu descendre !
    Allons, descends. Et donne-moi ce couteau.

ALI : C'est le couteau de mon père. C'est mon couteau.

NEDJMA : Et tes poches bourrées d'oranges amères ! Jette
ça. Ne t'ai-je pas dit cent fois que ces oranges sont empoisonnées ? Allons, descends.

Ali ne descend pas. Il puise des oranges dans
ses poches, les place dans sa fronde, et vise en
direction du public. Pluie d'oranges dans la
salle. Le rideau tombe, criblé de coups de
fronde, tandis que la voix du chœur murmure
dans le lointain : « Militants du Parti du peuple.
Ne quittez pas vos refuges. » Noir. Lumière.
Coups de gong prolongés.

Le cadavre encerclé a été présenté au théâtre Molière à Bruxelles, par Paul Anrieu, Jean-Marie Serreau et Jean de Wangen, les 25 et 26 novembre 1958. La distribution était la suivante :

LAKHDAR :
> *Jean-Marie Serreau.*

NEDJMA : *Edwine Moatti.*

MUSTAPHA : *José Valverde.*

HASSAN : *Paul Savatier.*

TAHAR : *Paul Crauchet.*

LE MARCHAND :
> *André Pignoux.*

LE COMMANDANT :
> *Félix Danze.*

MARGUERITE :
> *Françoise Rasquin.*

UN PAYSAN : *Robert Delanne.*

UNE FEMME :
> *Corinne Chandler.*

LE CORYPHÉE : *Douta Seck.*

LE LIEUTENANT : *Antoine Vitez.*

L'AUMÔNIER :
> *Jean de Wangen.*

LE MESSAGER :
> *Christian Mottier.*

LA MÈRE DE LAKHDAR :
> *Pascale de Boysson.*

LA MÈRE DE MUSTAPHA :
> *Jacqueline Le page.*

JEUNE FEMME :
> *Florence Guerfy.*

PAYSANNE : *Odette Delanne.*

SŒUR DE SAINT VINCENT :
> *Dominique Saraute.*

JEUNE HOMME MORT :
> *Bruno Van Mol.*

SOLDAT :
> *Michel Kufferath.*

La mise en scène était de Jean-Marie Serreau, assisté de Paul Savatier ; le décor de André Acquart (réalisé par D. Mahillon) et les costumes de Dominique Saraute. Les lumières étaient de Roger Levron, et la musique de Gilbert Amy.

A propos d'une musique de scène
pour « Le cadavre encerclé »

Il y avait, à l'origine, deux tentations également dangereuses pour le musicien. La première était de puiser largement dans le folklore nord-africain sans grand souci de chronologie ni de géographie (entreprise impossible), et d'en rapporter, sinon une citation littérale, du moins une couleur locale approximative. La seconde peut se définir ainsi : s'éloignant complètement de la réalité ethnique de la pièce et la plaçant hors de ses coordonnées initiales, définir par rapport à elle le décor sonore comme superposition « occidentale », ou « européenne », le clivage des deux mondes se faisant tant bien que mal.

En approfondissant la réalité vivante du théâtre et de la langue de Kateb, il m'a semblé possible de dépasser ce dilemme, en repensant de façon radicale le rôle de la musique : la pièce devenant une entité organique originale, possédant son « tempo », son rythme propre, on pouvait essayer d'assimiler ce tempo, ce rythme, à une réalité sonore : le problème du langage devenant secondaire, il y avait « quelque chose à faire » ici, supposant des lignes de force moins stéréotypées. Je rejoignais ainsi les exigences de la mise en scène : intensité maximum et économie des moyens.

Il fallait choisir les timbres, d'après le « squelette » : pincé, soufflé, frappé. Nous choisîmes le plus ancien des instruments à cordes : le luth (târ persan), le plus ancien des instruments à vent : la flûte (une flûte en sol), une riche batterie : ensemble de sonorité moins somptueuse que sèche, avec prédominance du registre médian, mais ouvrant d'importantes possibilités de contraste, par le seul jeu des dynamiques et des attaques.

Je n'entrerai pas dans le détail du découpage. Si l'on veut des étiquettes, disons que j'ai discerné dans ce décor sonore les motifs individuels et les structures proprement scéniques. Ainsi l'entrée de Nedjma au Ier acte est-elle un spécimen de forme motivique au sens wagnérien ; de même, les interventions concernant les rapports de ce personnage avec Lakhdar. En revanche, le second monologue de Lakhdar, la scène de la prison, celle de la Folle, etc... sont pensés en fonction du déroulement dramatique et en épousent le « continuum ». Généralement parlant, ces formes-ci sont a-motiviques et possèdent une certaine souplesse de maniement, compte tenu des contingences particulières des mises en scène. Il s'agissait non de solliciter, mais de ponctuer un texte, c'est-à-dire tout d'abord, de distinguer avec assez de précision la force poétique de la force strictement dramatique : en somme prendre de l'intérieur même de la pièce le prétexte sonore au lieu de l'envisager de l'extérieur d'après un réseau de conventions plus ou moins formelles.

Certaines scènes introduisent un « chœur », ou coryphée, qui poursuit l'incantation de certaines sentences poétiques : il nous a semblé utile de relier la musique à cet événement, et de faire apparaître, par éclairs de brusque couleur dramatique, une voix. Le coryphée devient une sorte de personnage à facettes pouvant, alternativement, dire, ponctuer sur un tambour, et chanter.

C'était là une des principales gageures de cette mise en scène sonore qui nous a paru, malgré la difficulté de sa réalisation par les acteurs et de sa compréhension par les spectateurs, être la nécessaire projection d'une certaine poétique, d'un style de coalescence entre théâtre visuel et théâtre sonore dont il était urgent de manifester l'évidence.

GILBERT AMY

LA POUDRE D'INTELLIGENCE

Le décor est réduit au strict minimum : deux arbres et un pan de mur faisant écran. Un autre arbre en retrait, palmier stérile, suggère le désert. Noir. Lumière. Nuage de fumée endormi sur la natte conjugale. Attika, sa femme, assise dans un coin, devant un paquet de dattes, éclairée par une bougie. Nuage de fumée se tourne et se retourne sur la natte.

NUAGE DE FUMÉE : Éteins la lumière.

ATTIKA : Je me demande ce qui peut bien te fatiguer.

NUAGE DE FUMÉE : Éteins la lumière.

ATTIKA : Tu n'as certainement pas sommeil. Tu ne fais que te tourner et te retourner... Sais-tu au moins quel jour nous sommes ?

NUAGE DE FUMÉE : Éteins la lumière. Trois jours que je n'ai pas dormi...

ATTIKA : Tu veux dire que tu as dormi pendant trois jours et trois nuits...

NUAGE DE FUMÉE : Alors j'ai dû rêver. Éteins la lumière.

73

ATTIKA : Tu me rends folle ! Nous tournons en rond comme les deux aiguilles de l'horloge, tu es toujours sans travail, et moi j'attends, en comptant les heures.

NUAGE DE FUMÉE : Allons, petite aiguille, dors et laisse-moi dormir, tu es toujours trop pressée. Tu n'as donc pas confiance en la révolution ?

ATTIKA : Drôle de révolution ! Depuis notre pseudomariage, tu es rond tous les jours. On t'a tourné la tête...

NUAGE DE FUMÉE : Éteins la lumière ! Qu'attends-tu donc ? le Jugement dernier ? Est-ce pour veiller un mort que tu consumes cette bougie ? Éteins la lumière !

ATTIKA *(ouvrant une datte et la brandissant)* : Regarde, il y a des vers dans cette datte !

NUAGE DE FUMÉE : Tu vois bien ! Si tu m'avais écouté, si tu avais éteint la lumière, tu l'aurais mangée comme les autres – et nous aurions la paix.

> *Noir. Un temps. L'horloge sonne. Six coups de gong. Lumière. Attika ouvre les yeux, et secoue son époux.*

ATTIKA : Debout ! Il est six heures.

> *Comme il ne répond pas, elle se lève, prend la gargoulette, et se met à asperger Nuage de fumée.*

ATTIKA : Debout ! Tu m'avais dit de te réveiller à six heures, allons, debout ! C'est le moment de chercher du travail.

NUAGE DE FUMÉE *(sursautant)* : Ah ! Oh ! Ah !

ATTIKA : Lève-toi ! Tu l'as constaté toi-même : la maison est vide. Il ne nous reste même pas une pincée de sel.

NUAGE DE FUMÉE *(se rendormant)* : Tout à l'heure. Tout à l'heure.

ATTIKA *(l'aspergeant)* : Debout ! Il est six heures.

NUAGE DE FUMÉE *(trempé, se dressant sur ses pieds)* : Ah ! Oh ! Oh ! Fille de putain ! Je t'avais dit de me réveiller, mais pas comme ça. *(Il s'habille et sort.)*

> *Noir. Lumière. Le cortège royal traverse la scène. Nuage de fumée, encore abruti, bute sur le cheval du sultan qui s'en va à la chasse, avec ses courtisans.*

LE SULTAN : Il fallait que je rencontre cette figure de malheur, un jour comme aujourd'hui – de bon matin – et à l'ouverture de la chasse. *(A un officier)* : Jetez-le au cachot !

> *L'officier emmène Nuage de fumée. Un temps. Le chœur entre en scène, et se dissimule derrière les arbres, à l'entrée du cortège royal qui exhibe un glorieux tableau de chasse.*

LE SULTAN *(caracolant)* : Je me souviens que ce matin, j'ai fait jeter un homme au cachot. A vrai dire, il avait une sale tête. Une tête à porter malheur. Pourtant, de ma vie, je n'ai fait une si belle partie de chasse. *(A l'officier)* : Avez-vous pensé à libérer le pauvre hère de ce matin ?

L'OFFICIER : J'y ai songé, mais il refuse.

LE SULTAN : Que refuse-t-il ?

L'OFFICIER : Il refuse d'être libéré.

LE SULTAN : Il refuse de sortir de prison ?

L'OFFICIER : Il dit qu'il veut te parler.

LE SULTAN : Eh bien, fais-le venir ! Aujourd'hui je suis d'humeur à réparer mes injustices.

> *L'officier sort. Entre Nuage de fumée. Il s'incline devant le sultan.*

LE SULTAN : Tiens, prends cette bourse. Ce matin, j'étais inquiet, je ne voulais pas que ma partie de chasse commence par un mauvais présage. Pourtant, Dieu merci, tu ne m'as pas porté malheur.

NUAGE DE FUMÉE : Je me demande qui a porté malheur à l'autre ! Mais le malheur se transforme toujours en bonheur. C'est ce bonheur qu'il faut craindre car il sera la source du prochain malheur, et ainsi de suite. Il y en a qui ont érigé là-dessus tout un système philosophique. *(Il salue le sultan et s'éloigne.)* Par exemple, si un filou s'emparait de ma bourse, ma théorie serait, hélas, confirmée !

> *Un temps. Le sultan rentre dans l'ombre. Nuage de fumée traverse la scène, en jetant des regards soupçonneux au chœur. Celui-ci se divise en deux parties, et se met à déambuler, une partie du chœur saluant l'autre partie, et répondant à son salut, indéfiniment. Le Coryphée, de son côté, accueille l'entrée en scène de Nuage de fumée par un profond salut, à la manière orientale.*

CORYPHÉE : Salut !

NUAGE DE FUMÉE *(répondant au salut)* : Salut.

LE CHŒUR *(saluant Nuage de fumée)* : Salut ! Salut ! Salut !

NUAGE DE FUMÉE *(répondant)* : Salut !

> *Entre-temps, le Coryphée, qui a fait lentement le tour de la place, en méditant, tombe à nouveau nez à nez avec Nuage de fumée, et le salue machinalement, comme s'il ne l'avait pas déjà rencontré.*

CORYPHÉE : Salut !

NUAGE DE FUMÉE *(impatienté)* : Salut, trois fois salut, mille fois salut, salut, salut.

LE CHŒUR *(prenant le salut pour lui)* : Salut, salut, salut, salut, salut, salut, salut.

> *Coups de gong. Nuage de fumée giflant le Coryphée.*

Salut ! Et salut !

LE CHŒUR *(indigné)* : O scandale, scandale des scandales, scandale des scandales des scandales ! Chez le Cadi, chez le Cadi, chez le Cadi !

> *Noir. Coups de gong. Lumière.*

LE CADI : Encore toi. Pourquoi as-tu frappé cet homme ?

NUAGE DE FUMÉE : Salut !

LE CADI : Que dis-tu ?

NUAGE DE FUMÉE *(s'éloignant)* : Salut !

LE CADI : Où vas-tu ?

NUAGE DE FUMÉE *(s'éloignant encore)* : Salut !

LE CADI : Arrêtez-le !

NUAGE DE FUMÉE *(s'éloignant toujours)* : Salut !

LE CADI : Je me moque de ton salut. Réponds à ma question !

NUAGE DE FUMÉE : Réponds d'abord à la mienne : n'y a-t-il pas de quoi devenir enragé, à entendre les éternelles salutations de tous ces citadins blafards, ces marchands de tout et de rien, ces mouchards calamiteux, ces individus louches qui attendent, avec leur civilité de surface, qu'un innocent, un philosophe ou un travailleur, tombe dans leurs longs bras pour y perdre la bourse ou la vie... *(Il s'éloigne encore.)* Salut. Cent fois salut ! Salut à tous les fourbes de la terre !

> *Le Cadi rentre dans l'ombre. Nuage de fumée traverse à nouveau la scène, avec le même regard soupçonneux en direction du chœur dissimulé derrière les arbres.*

CORYPHÉE : Salut, philosophe ! Où vas-tu donc de ce pas décidé ?

NUAGE DE FUMÉE : Arrière, populace ! Moi aussi je suis un ancien voleur à la tire. Vous voyez cette bourse ? C'est le sultan lui-même qui vient de me la remettre, accompagnée d'une lettre où il me désigne nommément comme un grand philosophe, le plus grand sans doute que le siècle ait produit...

CORYPHÉE : Il se vante.

LE CHŒUR : Il se vante.

NUAGE DE FUMÉE *(piqué)* : Arrière, populace !

CORYPHÉE *(tout en subtilisant la bourse)* : Dis-nous au moins ce que tu vas faire de tout cet or.

NUAGE DE FUMÉE : D'abord acheter un âne...

CORYPHÉE : Bonne chance. Espérons que tu tomberas sur un animal de meilleur caractère que toi. *(Au chœur)* : Quel orgueilleux ! *(A Nuage de fumée)* : Dis au moins *Inch' Allah*, si Dieu veut, et la journée sera bonne.

NUAGE DE FUMÉE : Que Dieu veuille ou qu'il ne veuille pas, le marché se trouve tout près d'ici, les ânes sont nombreux, et j'ai la bourse du sultan. Je ne vois pas ce que Dieu vient faire ici. Avec ou sans Dieu, je reviendrai avec un âne.

CORYPHÉE : O sacrilège ! Sacrilège des sacrilèges !

CHŒUR : Sacrilège des sacrilèges des sacrilèges !

> *Nuage de fumée prend la fuite. Un temps. Le chœur revient à l'avant-scène. Entre Nuage de Fumée furibond.*

CORYPHÉE *(sarcastique)* : Salut, philosophe !

CHŒUR *(même jeu)* : Salut, philosophe !

CORYPHÉE : Où donc est ton âne ? *(Le chœur, dansant autour de Nuage de fumée.)* L'âne ! L'âne ! Où est donc l'âne ?

NUAGE DE FUMÉE *(chassant le chœur à coups de bâton)* : Arrière ! Inch'Allah ! Populace ! Inch'Allah ! Oiseaux de malheur ! Inch'Allah ! Au marché Inch'Allah ! Je me suis aperçu Inch'Allah ! qu'on m'avait volé ma bourse Inch'Allah ! Voleurs ! Inch'Allah ! Bandits ! Inch'Allah ! Crapules ! Inch'Allah !

A chaque Inch'Allah, Nuage de fumée donne un coup de bâton dans le tas des fuyards. Noir. Lumière.

ATTIKA : Qu'attends-tu pour aller scier du bois ?

NUAGE DE FUMÉE : Bien parlé ! Femme, tu n'es que trop douée pour le commandement !

ATTIKA : Va scier du bois.

> *Nuage de fumée s'éloigne, une scie à la main. Il monte sur un arbre, s'installe à la plus haute branche, et scie en rêvassant. A chaque fois la scie s'accroche. Il change de branche et en arrive à scier celle qui le soutient. Elle casse. Chute. Un temps. Nuage de fumée immobile.*

NUAGE DE FUMÉE : J'ai froid, donc je suis mort.

> *Un temps. Le chœur rentre en scène.*

CORYPHÉE *(palpant Nuage de fumée)* : Il a froid.

CHŒUR : Il est donc mort.

> *Coups de gong. Le chœur emporte Nuage de fumée dans une couverture. Brusquement, le chœur s'arrête.*

CHŒUR : Il y a plusieurs chemins pour aller au cimetière.

CORYPHÉE : Prenons le plus court.

CHŒUR : Ce n'est pas le plus facile.

NUAGE DE FUMÉE *(levant la tête)* : Ne vous disputez pas. De mon vivant, nous prenions le premier chemin venu.

Épouvante du chœur. Débandade. Noir. Lumière.
Nuage de fumée, appuyé à l'oranger, tient un âne
par la bride. Le chœur se déploie autour de lui.

CORYPHÉE : Que fais-tu, seul, avec cet âne ?

NUAGE DE FUMÉE : Je médite, en attendant l'ouverture du marché. Je me demande qui est le maître, et qui est l'esclave : est-ce l'âne ? Est-ce moi ?

CORYPHÉE : Peut-on quelque chose pour toi ?

NUAGE DE FUMÉE : Rien. Je voudrais seulement être dans un monde où les hommes et les ânes vivent chacun de son côté. Soit dit sans vous manquer de respect.

CORYPHÉE : Laisse-nous ton âne, et va faire une promenade ; ça te changera les idées.

Nuage de fumée laisse l'âne et s'en va, sous les
murmures du chœur.

CORYPHÉE *(au chœur)* : Prenez la bête, mais laissez-moi la bride, et hâtez-vous de disparaître.

Noir. Lumière. Le chœur et l'âne disparaissent.
Nuage de fumée rentre en scène.

NUAGE DE FUMÉE : Où est mon âne ?

CORYPHÉE *(la bride au cou)* : A tes ordres.

NUAGE DE FUMÉE : Je te parle de l'âne.

CORYPHÉE : L'âne c'est moi. Une malédiction de ma mère m'a ainsi transformé.

NUAGE DE FUMÉE : Cet homme, à ce qu'il semble, se prend pour un âne. Et moi qui me prends pour un homme, il se pourrait donc que je sois un âne. Je dois être le jouet d'une double illusion.

> *Noir. Lumière. Le chœur s'est transformé en un groupe de fellahs vendant leurs ânes, au marché. Le Coryphée tient l'âne de Nuage de fumée.*

CORYPHÉE : Pourvu que notre philosophe ne vienne pas traîner ses babouches par ici...

> *Nuage de fumée rentre en scène. Il va droit vers l'âne.*

NUAGE DE FUMÉE : Salut.

CORYPHÉE : Salut.

NUAGE DE FUMÉE : Je ne te parle pas. Je parle à l'âne.

CORYPHÉE : Ne te gêne pas. Fais comme si c'était ton âne.

NUAGE DE FUMÉE *(à l'âne)* : Ane tu es, âne tu resteras.

CORYPHÉE : Ne le tourmente pas. Ce n'est qu'un âne.

NUAGE DE FUMÉE *(au Coryphée)* : Tu fais l'âne pour avoir l'âne.

CORYPHÉE : C'est à l'âne que tu parles ? Il ne peut pas répondre, tu le sais bien.

NUAGE DE FUMÉE : Je n'avais qu'un âne, et j'en retrouve deux. Encore un miracle !

> *Il bondit sur le Coryphée, le prend par la bride qu'il s'était passée au cou et l'attache à l'oranger.*

Mon vieil âne me suffit. Quant à toi, si c'est une malédiction qui t'a transformé en âne, tu pourrais aussi bien reprendre un jour ta vieille tête de loup. Reste où tu es.

Reste où tu es. Moi aussi, je retourne à ma condition, et je confesse que je me suis jusqu'ici comporté comme un âne. Je me suis laissé prendre à la paille dorée du sultan. Elle m'a rendu bien malade. Un vrai poison. Mais je commence à comprendre. Oui, je comprends que l'or du sultan doit servir contre lui : c'est la Loi de la contradiction interne du Capital. Chut... oui j'ai choisi l'alchimie. Mon narguilé ne me quitte plus. Les mauvaises langues m'appellent Nuage de fumée. Tous ceux qui ont la dent longue me traitent de fou. Mais le fou, c'est celui qui se croit fou. Et moi je suis un incrédule. Ma science réside en trois principes. Premier principe, l'or du sultan, voilà ce que j'en fais.

> *Il fouille dans sa poche et donne les dernières pièces qui lui restent à son âne, en guise de suppositoires.*

Deuxième principe : Nous allons voir ce que nous allons voir. Troisième principe...

> *Le sultan entre en scène, suivi et follement acclamé par le chœur.*

Bravo ! Je vais pouvoir immédiatement vérifier ma trouvaille. Car voici le sultan. Motus. Je vais montrer au peuple comment notre sultan conçoit l'économie politique.

> *Le sultan traverse à nouveau la scène. Nuage de fumée l'aborde, carrément.*

O sultan, je vois que tu es triste, et je sais ce qui te manque. Tu es privé des trois choses qui font le bonheur de tout homme, grand ou petit : l'intelligence, l'or et l'amour. Pour ce qui est de l'intelligence et de l'amour, nous verrons plus tard. Ce ne sont que des corollaires. L'essentiel est de se procurer la montagne d'or qui permet de tout acheter... Voici. A force d'étudier les grandes religions de ce monde, je suis tombé sur un manuscrit très ancien qui fait état d'un âne sacré. Oui, un âne, le plus humble des animaux, mais qui a le don de faire de l'or, au lieu de crottin... Or, tu n'ignores pas qu'une bête bien nourrie peut faire des tas considérables...

Le sultan hoche la tête.

NUAGE DE FUMÉE : Ton témoignage, à ce sujet, me semble des plus fondés... Bref, cet âne, j'ai l'honneur de te le présenter : à force d'invocations, j'ai fini par le trouver, qui m'attendait, attaché à un oranger... Le symbole est très net. Pour bien faire, il faudrait l'honorer en le plaçant sur un riche tapis. Holà ! *(Il hèle le chœur.)* Qu'on m'apporte un tapis, par ordre du sultan.

Le Coryphée apporte un tapis, que Nuage de fumée place sous les sabots de l'âne.

Il ne nous reste plus qu'à attendre, car l'animal est bourré de foin. Pour bien faire il faudrait procéder à la faveur de la nuit, car la magie a horreur de la lumière... Si j'opère en plein jour, c'est simplement pour te prouver que je ne suis pas un charlatan – au cas où tu aurais quelque doute...

Un temps. Puis, dans un bruit caractéristique, trois pièces d'or roulent derrière l'âne.

LE SULTAN : O prodige ! O bienfaiteur du royaume !

CORYPHÉE : O miracle ! Miracle des miracles !

NUAGE DE FUMÉE : Ceci n'est rien. Lorsque l'âne divin – car ce n'est pas un vulgaire animal, mais un Ami de Dieu, un Élu qui accomplit son temps de pénitence – lorsque l'âne divin, dis-je, sera royalement nourri, et qu'il pourra solennellement, en présence de toutes les personnalités civiles, militaires, et religieuses, se soulager sur un tapis plus riche encore – car il aime les honneurs, et il a sa noblesse à lui – alors, ô sultan, tu ne sauras que faire de l'or miraculeux...

> *Noir. Lumière. Les Ulémas, le mufti, le cadi, le sultan, autour de l'âne gonflé d'herbe tendre, et qui foule un riche tapis. Nuage de fumée fait face à l'assemblée, et dirige l'opération magique d'un ton devenu impérieux.*

NUAGE DE FUMÉE : Éteignez la lumière ! *(La lumière s'éteint.)* Laissez venir l'inspiration. Lorsque vous entendrez un bruit caractéristique, alors, ô grand mufti, et vous doctes Ulémas, que vos mains s'allongent à l'unisson vers le tapis, et aussitôt vous palperez le salaire de la foi.

> *Un temps. On entend les Ulémas et le mufti psalmodier.*

LE SULTAN : Alors ?...

LE MUFTI : Ma foi, je ne touche rien de consistant...

NUAGE DE FUMÉE : Ne désespérez pas, ça commence par l'or liquide.

LE MUFTI : Peut-être l'âne est-il malade ? Vous l'avez trop nourri. Nous sommes plongés dans un vrai marécage... Et pas la moindre pièce.

LE SULTAN : Peut-être est-ce l'obscurité qui vous trompe ?

NUAGE DE FUMÉE : Eh bien, que la lumière soit !

> *Lumière sur le tapis qui déborde sous un tas de crottin.*

NUAGE DE FUMÉE : Malheur ! Les Ulémas ont ensorcelé mon âne !

LE SULTAN : Je n'y comprends rien.

NUAGE DE FUMÉE : Sultan, rends-moi justice. Je vais prouver publiquement que ces démons, sans songer qu'ils te ruinaient en me ruinant, et sans songer à tout le bonheur que l'âne magique allait procurer au royaume, nous ont joué ce mauvais tour, pour pouvoir faire de l'or en cachette, comme c'est d'ailleurs leur habitude. Oui, j'ai la preuve. Il suffirait de gaver tous ces Ulémas, mufti en tête, et de les mettre sur le tapis. Tu verrais de tes propres yeux, et le peuple pourrait constater, afin qu'il n'y ait plus de doute.

> *Noir. Lumière. Le chœur est déployé autour de la scène. Au centre, les Ulémas et le mufti déployés en demi-cercle. A droite, Nuage de fumée. Le sultan leur fait face. Un temps. Noir.*

NUAGE DE FUMÉE : Courage, ô sultan. Fouille résolument dans ces ruines saintes. As-tu trouvé ?

> *Un temps. Noir. Lumière. Coups de gong prolongés. Lumière. Nuage de fumée, seul, devant l'oranger. Il médite.*

NUAGE DE FUMÉE : Vingt ans de pensée philosophique !
Cinquante ou cent volumes sont sortis de ma tête,
Et nul n'a eu l'idée, la simple idée de les écrire à ma place,
Ni le peuple ni le sultan,

Ne veulent convenir qu'un philosophe
A besoin de beaucoup d'argent
Et même d'un secrétaire
Pour avoir l'esprit vraiment libre.
D'ailleurs ce bel esprit
Je commence à le perdre
A force de heurter les grosses têtes.
Les ennemis de la philosophie ont inventé le turban
Comme un rempart protégeant contre toute science
Leurs crânes désertiques.
Je n'ai plus rien à faire dans ce pays.
Me voici dans la force de l'âge
Sans bourse ni pension
Et moi qu'on appelait le père du peuple
Je ne suis plus que le dernier de ses orphelins.

> *Passe un homme tirant un âne chargé de sable.*
> *Devant Nuage de fumée, l'âne trébuche, et fait*
> *tomber son chargement. L'homme et son âne*
> *disparaissent.*

NUAGE DE FUMÉE : Cruelle allégorie. Que voulait dire cet animal, en déposant son bilan devant moi ?

> *Il demeure un instant silencieux. Le chœur se*
> *répand autour de lui.*

CORYPHÉE : Voici le fou, voici Nuage de fumée, le voici en adoration devant un tas de sable !

CHŒUR : Pauvre fou !

NUAGE DE FUMÉE : Laissez-moi déchiffrer ce message. Tout est symbole pour celui qui n'a plus rien à lire.

> *Noir. Lumière. Nuage de fumée, toujours devant*
> *le tas de sable. Le chœur fait les cent pas.*

NUAGE DE FUMÉE *(à part)* : Ma popularité ne cesse de s'accroître.

> *Un temps. Nuage de fumée se lève brusquement. Noir. Lumière. Le tas de sable a disparu. Coups de gong prolongés.*

NUAGE DE FUMÉE *(ameutant le chœur)* : Citadins, citadins, votre fortune est faite ! Je viens de faire la découverte de ma vie. Approchez ! Approchez ! j'ai découvert le principe qui fera de vous tous des sultans, sans aucun effort. Il suffira de respirer. Approchez !

CORYPHÉE *(s'approchant)* : Il n'est pas près de retrouver la raison.

NUAGE DE FUMÉE : Approchez ! Approchez ! Je n'ai pas fait travailler pour rien mon imagination. Je vous prends à témoin : ce que j'ai découvert, en un mot, c'est la poudre d'intelligence ! L'intelligence, oui, l'intelligence ! Approchez ! j'ouvre une souscription. Toute ma vie, j'ai travaillé pour aboutir à cette substance magique *(il montre un sachet)*, l'intelligence ! L'intelligence ! J'ouvre une souscription.

> *L'attroupement devient imposant. Un policier se faufile.*

LE POLICIER : Circulez ! circulez ! Vous savez bien que nos Ulémas ont interdit le maraboutisme.

NUAGE DE FUMÉE :... Pour en avoir le monopole.

LE POLICIER *(sursautant)* : Par Dieu, c'est le fou du Désert !

Il l'emmène brutalement.

CORYPHÉE : Ce n'est pas juste. Il dit qu'il a trouvé la poudre d'intelligence.

LE POLICIER *(ébranlé)* : La poudre d'intelligence ?

CHŒUR *(scandant)* : Chez le sultan ! Chez le sultan !

> *Noir. Lumière. Le sultan, seul. Entre Nuage de fumée, rudement tenu par le policier.*

LE SULTAN : Encore ce fou !

LE POLICIER : Il ameutait les gens sur la place publique. Il prétend avoir une poudre.

LE SULTAN : Une poudre magique ?

NUAGE DE FUMÉE : Je dois te dire que je n'avais pas prévu ma formule pour un sultan. Si tu veux profiter de ma découverte, il faut que je la révise en tenant compte de ta haute dignité.

LE SULTAN : En somme, ta poudre n'est pas au point.

NUAGE DE FUMÉE : Si je voulais, je n'aurais qu'un geste à faire.

LE SULTAN : Alors, qu'attends-tu ?

NUAGE DE FUMÉE : Je crains d'être mal payé de mes efforts.

LE SULTAN *(au policier)* : Conduis-le au cachot. Et s'il continue à se moquer de nous, tu lui prendras aussi sa poudre par la force.

NUAGE DE FUMÉE : Nous voilà loin de l'intelligence ! Pourquoi se fâcher ?

LE SULTAN : Alors prépare ta poudre.

NUAGE DE FUMÉE *(prononçant des formules)* : Ouac, ouac, ô sultan des sultans, ton esprit va s'élancer dans l'espace, tu vas rejoindre les prophètes, peut-être même le Créateur...

LE SULTAN : Ne blasphémons pas. Tout est prêt ?

NUAGE DE FUMÉE : Mon sort est entre tes mains.

LE SULTAN *(prenant le sachet)* : Donne. *(Se ravisant)* : La quantité est-elle suffisante ?

NUAGE DE FUMÉE : Il y en aurait pour quatre sultans, si tu n'étais le seul à régner sur cette terre.

LE SULTAN *(montrant une concubine silencieuse)* : Voici ma favorite. Je ne suis pas encore parvenu à l'apprivoiser. Elle prendra aussi un peu de cette poudre. Cela l'aidera sans doute à me comprendre...

NUAGE DE FUMÉE : Il vaudrait mieux commencer par toi-même.

LE SULTAN : Voyons ton invention. *(Il déplie le paquet.)* Comment dis-tu ? La poudre d'intelligence ?

NUAGE DE FUMÉE : Surtout je te recommande de respirer très vite. Et très fort. Courage, ô sultan des sultans, tu vas peut-être t'envoler !

LE SULTAN *(respirant le sachet)* : On dirait du sable...

NUAGE DE FUMÉE : Tu vois ! Tu commences à comprendre.

> *Coups de gong prolongés. Nuage de Fumée s'éclipse, suivi par le policier. Un temps.*

LE SULTAN : Je me sens tout drôle. On dirait que ce fou a raison. Je me sens tout drôle. C'est peut-être l'intelligence.

> *Noir. Lumière. Attika, endormie. Nuage de Fumée. L'horloge sonne. Coup de gong.*

NUAGE DE FUMÉE *(titubant)* : Salut, femme !

> *Attika grogne, s'étire, et désigne, silencieusement, une assiette sur la table basse. Puis elle reprend sa place sur la couche.*

NUAGE DE FUMÉE : Le jour se lève. Entends-tu le coq ?

ATTIKA :...

NUAGE DE FUMÉE : Debout, femme, et pousse un cri de triomphe.

ATTIKA :...

NUAGE DE FUMÉE : Pousse un cri de triomphe !

ATTIKA *(résignée)* : You, you, you !

NUAGE DE FUMÉE : Plus fort !

ATTIKA : You, you, you !

NUAGE DE FUMÉE : Un peu plus de conviction !

Attikra *(à tue-tête)* : You, you, you !

NUAGE DE FUMÉE : Je t'annonce une grande nouvelle. Nous sommes riches.

ATTIKA :...

NUAGE DE FUMÉE : Écoute-moi. Depuis ce soir, je suis le gendre du sultan.

ATTIKA : ...

NUAGE DE FUMÉE : Parfaitement. La fille du sultan. Bon. Je vois que tu as encore ta tête des mauvais jours. Dormons.

> *Noir. Lumière. Attika pensive. Entre Nuage de Fumée, chargé de tapis et de paquets.*

NUAGE DE FUMÉE : Ouf ! Enfin ! La noce est pour demain. Voici le mobilier. Tout cela, je l'ai eu à crédit. C'est incroyable. Certes. Tout a changé. Je suis le gendre du sultan. Les marchands le savent. Ce n'est plus qu'une question d'heures. Dès demain je veux en finir avec les formalités... Allons, femme, sois heureuse ! Que crains-tu ? Une rivale qui pourrait être ta mère, n'est-ce pas un bienfait du ciel ?

> *Attika, maussade, ne répond pas.*

NUAGE DE FUMÉE : A ton aise. Dormons. J'ai beaucoup marché aujourd'hui.

> *Il se couche près d'elle et se couvre de tous les tapis qu'il portait sur son dos.*

NUAGE DE FUMÉE : Ah ! qu'il est bon de s'endormir sous le poids bienveillant du pouvoir absolu !

> *Un temps. Nuage de Fumée s'est endormi. Attika se glisse hors de la couche, s'empare de ciseaux, et commence à découper les tapis.*

ATTIKA (*entre ses dents*) : Dussé-je y passer toute la nuit, je détruirai jusqu'au dernier poil de ta moustache !

Noir. Lumière. Nuage de fumée s'éveille dans les décombres. Il a perdu ses moustaches.

NUAGE DE FUMÉE : Ça m'apprendra à bavarder avec les femmes... *(Il se lève.)*

ATTIKA : Attends. Il faut que je te dise. Il y a longtemps que Sa Majesté m'envoie ses entremetteuses...

NUAGE DE FUMÉE : Nous allons voir. Je vais précisément inviter mon beau-père à dîner.

Noir. Lumière. Le sultan, accueilli par Nuage de fumée, retire ses chaussures, et s'installe devant la table basse. Attika se tient à l'écart.

NUAGE DE FUMÉE : Sois le bienvenu dans cet humble logis, ô sultan des sultans ! *(A part)* : Mais comment faire pour nourrir le goinfre ? *(Il se dirige vers l'avant-scène.)* Patience, ma chère femme.

ATTIKA : Comment faire ? Nous n'avons rien. Pas même une pincée de sel.

NUAGE DE FUMÉE : Mets de l'eau à bouillir, et fais confiance à ton homme.

Attika disparaît. Nuage de fumée s'empare des chaussures du sultan, et il sort. Un temps. Le sultan, pour manifester sa présence, pousse de profonds soupirs. Attika, revenue, joue le jeu du sultan, et simule la confusion.

LE SULTAN : O femme incomparable, demande-moi tout ce que tu voudras !

ATTIKA : Je n'ose pas...

LE SULTAN : Un baiser, un seul baiser ! Ah ! Tu m'assassines !

ATTIKA : Non, Majesté, je n'ose pas, je suis très capricieuse... *(A part)* : Pourvu que l'autre ne soit pas chez le marchand de vin !

LE SULTAN : Ce que tu veux, tu l'obtiendras. Rien qu'un baiser...

ATTIKA : Eh bien, je voudrais... te chevaucher, grimper sur tes épaules, jouer avec toi... Tu vois bien : je suis trop capricieuse.

LE SULTAN *(ravi)* : Au contraire, c'est charmant, fais-moi souffrir, j'accepte tout de toi !

ATTIKA *(sautant sur ses épaules)* : Hue, lève-toi, chameau !

LE SULTAN *(se traînant sur ses genoux)* : Ah ! Tu m'assassines !

ATTIKA : Plus vite, mets-toi à quatre pattes, et je te donnerai mieux qu'un baiser !

> *Le sultan s'exécute, et son plaisir est si vif qu'il en hennit.*

NUAGE DE FUMÉE *(surgissant)* : Sultan, tu es sublime ! Allons, ma chère femme, restaurons notre grand sultan, et le génie lui reviendra. Il est habitué à un autre régime !

> *Le sultan, essoufflé, ne sait plus où donner de la tête. Attika s'est éclipsée, suivie par Nuage de fumée, qui revient avec un grand plat fumant. Le sultan, mangeant pour faire bonne contenance :*

LE SULTAN : Excellent, exquis, excellent! *(A part)* : Quelle femme !

NUAGE DE FUMÉE : Surtout, ne te gêne pas.

> *Un temps. Nuage de fumée s'installe près du sultan. Ils vident le plat. Puis le sultan se lève pour remercier.*

LE SULTAN *(selon la formule consacrée)* : Que Dieu accroisse ton bien.

NUAGE DE FUMÉE *(sybillin)* : Ne me remercie pas. Tu as mangé à ton propre compte.

LE SULTAN *(errant sur la scène)* : Mes souliers... Où sont mes souliers ?

ATTIKA *(se montrant derrière son époux)* : Se peut-il qu'un chameau soit bête au point de perdre ses sabots ?

LE SULTAN *(entre ses dents, tout en se retirant)* : Je vais frapper chez le mufti, et lui montrer mes pieds nus. S'il ne me venge pas, je lui coupe la tête. Nous allons battre ce prétendu philosophe sur son terrain, et lui gober sa femme comme un œuf dans son nid de serpent !

> *Noir. Lumière. Le chœur occupe la scène, muni de balais.*

PREMIER BALAYEUR *(fixant le ciel)* : C'est bientôt l'heure de rompre le jeûne.

SECOND BALAYEUR : Attends au moins que le soleil se couche.

PREMIER BALAYEUR : Je te dis que c'est l'heure.

SECOND BALAYEUR : Je te dis que non.

PREMIER BALAYEUR : Tais-toi !

SECOND BALAYEUR : Crapule !

PREMIER BALAYEUR : Cornard !

> *Bagarre. Coups de balais. Nuage de poussière.*
> *Noir. Lumière. Le chœur a quitté la scène. Le*
> *sultan sur son trône. Entre le mufti.*

LE SULTAN : Mufti, l'heure est grave. La discorde s'est emparée des esprits. Chaque année, à chaque ramadan, c'est la même agitation.

LE MUFTI : Je fais ce que je peux. Je rétribue un muezzin chargé de scruter le ciel, et d'annoncer ponctuellement la fin du jeûne. J'envoie chaque année des messagers au Caire et à Tunis, pour consulter les plus grands Ulémas. Le malheur, c'est qu'ils ne sont jamais d'accord !

LE SULTAN : Je sais tout cela, mais le peuple n'a pas à le savoir. Il est déjà assez mortifié de jeûner tout un mois. Il n'admet pas le doute chez les Docteurs de la loi. Puisque les autorités religieuses ne sont pas d'accord, adressons-nous à un astrologue, ou à un savant.

LE MUFTI : Lumineuse idée, qui ne m'était jamais venue ! J'ai trouvé : nous allons mettre à rude épreuve notre philosophe. C'est un païen. Il ne tardera pas à commettre quelque bévue, et nous ameuterons le peuple contre lui...

> *Noir. Lumière. Attika seule. Entre Nuage de*
> *fumée, en coup de vent.*

NUAGE DE FUMÉE *(agité)* : C'est prodigieux, c'est merveilleux, mais c'est louche.

ATTIKA : Quoi encore ?

NUAGE DE FUMÉE : Le mufti, mon ennemi suprême... Il m'a trouvé du travail. Et quel travail ! En somme, je suis devenu le vice-mufti ! Voyons... C'est très simple. Passe-moi un récipient.

Attika, interloquée, lui tend un bol.

NUAGE DE FUMÉE : A présent, ouvre tes oreilles. Chaque matin, tu me feras penser à jeter un caillou dans ce bol. Autant de cailloux, autant de jours sacrés. Pas plus difficile que ça. J'ai tapé l'arithmétique !

Un temps. Les deux époux se couchent sur la natte conjugale. Noir. On entend des sifflements de tempête. Puis la lumière se rallume, et Attika réveille rudement son homme.

NUAGE DE FUMÉE : Que se passe-t-il ?

ATTIKA : Une tempête de sable, et tu as laissé la fenêtre ouverte !

NUAGE DE FUMÉE : Diable ! Et le bol que j'avais laissé sur la fenêtre ?

ATTIKA : Il est rempli de cailloux.

NUAGE DE FUMÉE *(se recouchant)* : Alors, c'est que le ramadan est terminé.

Coups de gong prolongés. Bruits de bagarre au-dehors. On entend les injures du chœur, et le choc des balais. Nuage de fumée s'élance à l'avant-scène.

NUAGE DE FUMÉE : Il me faut tenir le peuple en respect. Ma foi, je n'en mène pas large. J'aurais dû refuser les libéralités du mufti.

Le chœur envahit la scène. Injures et coups de balais menacent de se retourner contre Nuage de fumée.

CHŒUR : Le mufti nous a dit de venir te voir. S'il t'a choisi, c'est que tu es un gredin, qui se moque de Dieu, tout comme lui. Devons-nous rompre le jeûne, oui ou non ? Et pas de grand discours !

NUAGE DE FUMÉE *(faisant appel à toute sa ruse)* : O croyants, savez-vous ce que je vais vous dire ?

CHŒUR : Non, non, non.

NUAGE DE FUMÉE : Puisque vous êtes si ignorants, je renonce à vous éclairer. Revenez demain. *(A ces mots, il quitte la scène sous le nez du chœur éberlué.)*

CHŒUR : Il se moque de nous !

CORYPHÉE : Sans aucun doute.

CHŒUR : Demain, lorsque nous reviendrons, il sera bien forcé de répondre.

Le chœur se concerte. Noir. Lumière. Nuage de fumée rentre en scène.

NUAGE DE FUMÉE *(même jeu)* : O croyants, savez-vous ce que je vais vous dire ?

CHŒUR : Oui, oui, oui !

NUAGE DE FUMÉE : Puisque vous êtes si savants, je n'ai rien à vous dire.

CHŒUR *(déconfit)* : Il se moque de nous.

CORYPHÉE : On croyait l'attraper en répondant oui au lieu de non...

CHŒUR : A malin, malin et demi. Demain, lorsque nous reviendrons, que les uns disent oui, et les autres non ! ainsi nous lui ferons perdre la tête.

Noir. Lumière. Même jeu.

NUAGE DE FUMÉE : O croyants, savez-vous ce que je vais vous dire ?

CHŒUR : Oui, non, oui, non, oui, non...

NUAGE DE FUMÉE : Bien. Il y a ceux qui savent, et ceux qui ne savent pas. Que ceux qui savent instruisent donc ceux qui ne savent pas.

> *Il s'éclipse. Noir. Coups de gong prolongés. On entend le chœur répéter à n'en plus finir : « Il se moque de nous ! Il se moque de nous ! » Lumière. Le sultan, le mufti et d'autres dignitaires en conférence. A l'avant-scène, dans une épaisse poussière, le chœur agite ses balais. A l'écart des deux groupes – le chœur et la conférence – Nuage de fumée absorbé dans sa pipe.*

NUAGE DE FUMÉE : Misère, misère noire, misère de la philosophie ! Le pouvoir n'a que faire des esprits subversifs, et le peuple, pourtant sensible à la parole, ne peut m'entendre, assourdi qu'il est par la rumeur énorme du pouvoir...

> *Une rumeur s'élève de la conférence. On entend la voix du sultan.*

LE SULTAN : A quoi bon la philosophie ? Ce ne sont pas les théories qui feront rentrer les impôts. Ce qu'il nous faut, c'est de l'or, et des contrats à l'étranger, pour soulager le peuple, sans oublier les serviteurs de l'État. Dieu seul peut nous aider. Dieu préserve notre peuple. Dieu préserve notre peuple des éternels agitateurs. Dieu nous préserve des têtes dures, des philosophes, des poètes, des orateurs, des fous et des savants.

LA CONFÉRENCE, MUFTI EN TÊTE *(répétant)* : Dieu nous préserve des éternels agitateurs...

> *Les dignitaires se retirent, et le chœur se déploie peu à peu autour de Nuage de fumée, qui continue à fumer en silence.*

CORYPHÉE *(désignant Nuage de fumée)* : Voyez cet homme, il est habité par le démon, il connaît les signes de l'avenir,
Et il ne fait rien, et il fume le chanvre de la mort lente, comme un Indien !

> *Un temps. Le chœur se remet à agiter ses balais, se rapprochant intentionnellement.*

NUAGE DE FUMÉE *(suffoqué)* : Arrêtez, arrêtez ! N'avez-vous pas assez d'agiter le sable ?

CORYPHÉE : Ce sont les ordres du sultan
Nous sommes condamnés aux tempêtes de sable
Au sultan l'or et les honneurs
A nous la poussière et les mouches...

CHŒUR : Il nous faut travailler pour vivre, Dieu l'a dit,
Le sultan l'a dit, le mufti l'a dit.
Il nous faut travailler pour vivre.

NUAGE DE FUMÉE : Oui, oui, je vous comprends, vous agitez le sable et je gratte mon crâne,

Où va votre travail, que devient ma pensée ?
Tout se perd, tout est perdu, sauf pour Dieu, sauf
pour le sultan, sauf pour le mufti.

LE CHŒUR *(scandalisé, chassant Nuage de fumée)* : Sacrilège, sacrilège des sacrilèges !...

> *Dans sa fuite, Nuage de fumée sauve sa pipe,*
> *mais abandonne sur le terrain une cruche.*

CORYPHÉE *(soulevant la cruche)* : Par Dieu, c'est un vrai
philosophe, un Esprit intégral et complet :
Il est toujours avec sa pipe, mais il n'oublie pas non
plus la cruche de vin frais...

NUAGE DE FUMÉE *(de la coulisse)* : O Arabes, pourquoi
inventer l'alcool et mourir assoiffés ?

> *Noir. Coups de gong. Lumière. Le chœur, visi-*
> *blement ivre, danse autour de la cruche, en*
> *criant de plus belle : « Sacrilège des sacrilèges*
> *des sacrilèges des sacrilèges !... » Coups de*
> *gong prolongés. Noir. Lumière. Nuage de fumée*
> *en pleine action : il vole des oignons dans un*
> *champ.*

NUAGE DE FUMÉE : Misère, misère noire, misère de la philosophie ! Il n'y a pas de justice. Ou bien il y en a trop, car
me voici bel et bien en train de voler des oignons dans le
jardin du mufti !

> *Coups de gong. Entre le mufti. Pris en flagrant*
> *délit, Nuage de fumée reste accroché à un*
> *oignon, cherchant l'inspiration.*

LE MUFTI *(goguenard)* : Que fais-tu, philosophe ?

NUAGE DE FUMÉE : ... C'est une bourrasque... Une violente bourrasque. Elle m'a jeté dans ton jardin bien malgré moi...

LE MUFTI : Et ces oignons arrachés ?

NUAGE DE FUMÉE : Quand je dis une bourrasque, je suis modeste. C'était une vraie tornade ! Un ouragan d'une telle violence que je dus m'accrocher à tes oignons, de peur d'être emporté...

LE MUFTI *(croyant tenir enfin son adversaire)* : Et ces oignons dans ton capuchon ?

NUAGE DE FUMÉE : Moi-même, j'étais en train de me demander par quel miracle ils étaient là, lorsque tu es arrivé...

> *Noir. Coups de gong prolongés. Taciturne,*
> *Nuage de fumée fait les cent pas. Le chœur*
> *l'épie à distance.*

NUAGE DE FUMÉE : Voici le peuple qui rôde, ironique, sans parler des espions du mufti... *(Il se met à prier.)* O mon Dieu, excuse-moi si je t'implore dans la rue, mais je ne t'ai pas trouvé à la mosquée.

> *A ces mots, un riche marchand se penche de*
> *son balcon. Nuage de fumée, impassible, conti-*
> *nue à prier, encore plus provocateur à la vue du*
> *marchand.*

NUAGE DE FUMÉE : O mon Dieu, trois fois !
O mon Dieu, trois fois !
O mon Dieu, trois fois !

LE MARCHAND *(se penchant)* : Quel est ce mécréant ? J'aurais dû m'en douter. C'est encore ce prétendu philosophe, ce fou, ce va-nu-pieds.

NUAGE DE FUMÉE : O mon Dieu, trois fois !
      Écoute-moi.
      O mon Dieu
      Trois fois !
      M'entends-tu ?
      J'ai besoin de cent pièces d'or.
      Tu veux savoir ce que j'en ferai ?
      Cela ne te regarde pas.
      Envoie-moi cent pièces d'or, si tu es vraiment Dieu,
      Et ne t'occupe pas du reste.

LE MARCHAND : A-t-on jamais vu pareil cynisme ! Se moquer de Dieu en ces termes ! Et sous ma fenêtre, à moi, le bâtisseur de la mosquée ! Je ne puis permettre à ce fou de blasphémer en public.

NUAGE DE FUMÉE *(même jeu)* : O mon Dieu, trois fois !
      Envoie-moi cent pièces d'or, c'est urgent.
      Cent pièces d'or, de quoi élargir le cercle de mes
      amis, et franchir celui de mes créanciers.
      Cent misérables pièces d'or, c'est moins que rien.
      Envoie-les-moi. J'en veux cent, tout juste.
      Pas une de plus, et pas une de moins.

LE MARCHAND *(souriant)* : Une fois pour toutes, je vais le réduire au silence. Je vais le prendre en flagrant délit de mauvaise foi. Oui, j'ai une idée derrière la tête, une idée de génie qui m'a soulevé le turban. *(A ces mots, le marchand soulève son turban, et en tire une bourse qu'il délie prestement.)* Oui, nous autres marchands de l'Islam, nous portons notre fortune sur la tête, et nos idées se mesurent au poids de l'or. Pauvre philosophe ! Je veux te voir adorer le Dieu que tu blasphèmes, et je vais réjouir la ville à tes dépens.

A ces mots, le marchand laisse tomber, une à une, 99 pièces d'or, aux pieds de Nuage de fumée qui les compte posément. A chaque pièce qu'il laisse tomber, le marchand salue fébrilement la foule, comme pour la prendre à témoin.

NUAGE DE FUMÉE : Quatre-vingt-dix-neuf... Il en manque une.

Je savais bien que rien ne pouvait être parfait, pas même les actions de Dieu. Pourtant, je ne l'aurais pas cru si avare. Souviens-toi, ô mon Dieu ; tu m'en dois une. J'ai des témoins.

LE MARCHAND *(hors de lui)* : Ah ! le bandit, le mécréant ! J'étais sûr qu'il renierait sa parole. *(Au chœur)* : Vous avez vu, vous avez entendu ?

LE CHŒUR : Rien vu, rien entendu, ce n'est pas notre affaire.

LE MARCHAND *(descendant dans la rue)* : Ah ! voleurs, bandits, mécréants, misérables ! Comment, vous ne l'avez pas entendu ? Il demandait à Dieu cent pièces d'or, pas une de plus, pas une de moins. Et vous ne m'avez pas vu, de ma fenêtre, lui jeter les 99 pièces qu'il vient d'empocher ?

LE CHŒUR : Rien vu, rien entendu.

Nous ne sommes pas chargés de rendre la justice.

LE MARCHAND : Oui, vous, les pauvres hères, les ignorants, les pouilleux, vous n'avez jamais cru en la Justice. Mais moi j'y crois. Comment, sans la Justice, aurais-je pu défendre ma fortune contre des filous de votre espèce ? La Justice. Vous l'avez dit. Allons chez le cadi. Allons, allons ! *(Il secoue Nuage de fumée.)* Qu'attends-tu ?

NUAGE DE FUMÉE : Je ne puis aller chez le cadi avec mes haillons. Toi, ton caftan brodé d'or te remplit d'assurance.

Mais moi, ma vieille tunique sale me donnera tous les torts. *(A la foule)* : Qu'en pensez-vous ?

LE CHŒUR : Il a raison. La Justice n'est juste que pour des hommes égaux, du moins en apparence.

LE MARCHAND : Évidemment, vous êtes de son côté. Mais j'aurai raison de vous tous. Holà, esclave ! *(Un esclave paraît.)* Descends-moi un caftan pareil à celui que je porte. *(A Nuage de fumée)* : Et maintenant viendras-tu avec moi au Palais de Justice ?

NUAGE DE FUMÉE : Oui, mais ne vas-tu pas enfourcher ta jument blanche harnachée d'or ? Et moi, il faudra que je marche à pieds, sous le dur soleil d'aujourd'hui. Au départ, l'injustice est déjà flagrante.

LE MARCHAND : Par le Diable, je te priverai de toutes tes excuses. Holà ! Esclave, apporte aussi une jument blanche. Et maintenant, viendras-tu avec moi chez le cadi ?

NUAGE DE FUMÉE *(endossant le caftan)* : Non, pas chez le cadi. Il n'est, après tout, que le chef de la Justice. Maintenant que me voilà si bien habillé, je veux aller chez le sultan dépositaire du pouvoir absolu.

LE MARCHAND : Bien, bien. Allons chez le sultan. Ta condamnation n'en sera que plus lourde.

LE CHŒUR *(scandant)* : Chez le sultan ! Chez le sultan !

Noir. Lumière.

LE SULTAN : Le temps presse. Soyons concis. Allons, que le plaignant se plaigne, que l'accusé s'accuse, et que tout soit fini.

LE MARCHAND : Seigneur sultan, je te salue. Tu connais assez ton serviteur. Tu sais que je suis un honnête marchand qui n'a jamais épargné sa fortune pour le bien du royaume, et pour la gloire des musulmans.

LE SULTAN : C'est un fait. Nous te connaissons. Confie-nous ta plainte en toute tranquillité.

NUAGE DE FUMÉE : Et, moi, sultan, tu dois me connaître aussi.

LE SULTAN : Au plaignant de parler. Le temps presse. Si vous avez des discours à faire, prenez des avocats.

LE MARCHAND : A Dieu ne plaise ! J'ai assez perdu d'argent. Et pour tout dire, sache que cet homme vient de me voler cent pièces d'or sous les yeux de je ne sais combien de témoins qui s'avèrent complices...

LE CHŒUR (murmurant) : Rien vu, rien entendu.

NUAGE DE FUMÉE : Quatre-vingt-dix-neuf !

LE SULTAN : Que dis-tu ?

NUAGE DE FUMÉE : Quatre-vingt-dix-neuf. Pas cent. Quatre-vingt-dix-neuf.

LE SULTAN : Que dis-tu ? Par le Diable, je n'entends pas !

NUAGE DE FUMÉE : Bien, passons. Donc mon digne adversaire prétend que je lui ai volé cent pièces d'or. Restons-en là. C'est le nœud de l'affaire.

LE SULTAN : Oui, restons-en là. Le plaignant a parlé. Que l'accusé réponde sans détour.

NUAGE DE FUMÉE : Sultan, tu parles d'or. Ma réponse sera brève. Je dis que mon adversaire est fou, tout simplement.

LE MARCHAND : Comment ?

NUAGE DE FUMÉE : Oui, pauvre homme, tes soucis de haute finance t'ont rendu fou. Ne prétends-tu pas que je t'ai volé cent pièces d'or ?

LE MARCHAND : Parfaitement. Seigneur sultan, fais-le fouiller. Tu verras qu'il a encore sur lui mon argent.

NUAGE DE FUMÉE : Inutile de me fouiller. J'ai en effet sur moi la somme en question, à une pièce près... Mais dis-moi, marchand, crois-tu que le monde entier t'appartienne ? Au train où tu vas, tu peux prétendre aussi que le caftan que je porte est à toi...

LE MARCHAND : Certainement, il est à moi !

NUAGE DE FUMÉE *(souriant)* : Et le cheval qui m'attend devant la porte...

LE MARCHAND : Il est à moi. A qui pourrait-il être ? Ne te l'ai-je pas prêté tout à l'heure ?

NUAGE DE FUMÉE : Avoue, sultan, que la folie du plaignant te paraît évidente. Elle commence même à t'inquiéter. Un fou, un triste fou de plus dans notre ville...

> *Silence stupéfait du marchand. Embarras du sultan. Rires étouffés du chœur. Enfin, le marchand, hors de lui, s'approche de Nuage de fumée et le gifle.*

LE SULTAN : Allons, allons, du calme !

LE CHŒUR : Ce scandale ! Sultan, tu es témoin de cet acte de violence.

LE SULTAN : Du calme, ce n'est rien. Du calme. Marchand, tu as eu tort de t'emporter. Tu m'as mis dans un mauvais cas. J'étais tout disposé à te donner raison, et voilà que tu transformes l'accusé en plaignant ! Mais nous t'excusons.

Ton indignation nous semble légitime. Allons, retire-toi, va prendre l'air. Nous reprendrons cette affaire quand tu retrouveras ton sang-froid. Va, mon ami, ne crains rien. Nous ne sommes pas dupes.

LE CHŒUR *(murmurant)* : C'était à prévoir. Le sultan couvre la retraite du marchand. C'est dans l'ordre des choses...

LE SULTAN : Silence. J'ai à travailler.

> *Le marchand s'esquive. Le sultan se penche sur un registre. Un long silence.*

NUAGE DE FUMÉE : Seigneur sultan...

LE SULTAN : Silence !

> *Un temps. A pas de loup, Nuage de fumée s'approche du sultan.*

NUAGE DE FUMÉE : Seigneur sultan, le temps presse, et tu es accablé de travail. Je vais t'aider à être juste. *(Il envoie au sultan une maîtresse gifle.)* Quand mon adversaire reviendra, tu lui rendras sa gifle, en toute Justice.

> *Nuage de fumée prend la fuite sous les rires du chœur. Coups de gong. Noir. Lumière. Coups de gong prolongés. Le sultan sur son trône. Entre le mufti.*

LE SULTAN : Dis-moi, mufti, as-tu connaissance de cette divine invention, la poudre d'intelligence ?

LE MUFTI *(perdu)* : La poudre de l'intelligence ? Ah, oui...

LE SULTAN : J'en étais bien persuadé. Une telle invention ne pouvait être inconnue de nos Ulémas. Peut-être même figure-t-elle dans le Coran ?

LE MUFTI : Dans le Coran, tout est dit, noir sur blanc. Rien n'est passé sous silence.

LE SULTAN : J'en étais sûr. Ta place est donc à la tête des croyants, pour leur distribuer cette nouvelle richesse. Cette trouvaille tombe à pic pour couper court à toute revendication syndicale. Et dire qu'elle nous vient d'un philosophe progressiste... Pauvre diable ! Ils ignorent donc, lui et ses semblables, que nous sommes assez forts pour les réduire au silence, assez habiles pour retourner contre eux leur système ?...

> *Noir. Coups de gong prolongés. Une foule d'hommes munis de balais sont à la corvée dans un tourbillon de poussière, eux-mêmes balayés par d'infernales lumières, car les autorités ont fait venir pour la circonstance les projecteurs de la télévision. A l'avant-scène, présidant la cérémonie, le sultan, le mufti et Nuage de fumée.*

LE MUFTI *(les mains levées au ciel)* : O créateur, nous te glorifions pour avoir prodigué ta sagesse à notre philosophe, Amin !

LE SULTAN : Amin.

CHŒUR : Amin.

NUAGE DE FUMÉE *(renchérissant)* : O créateur, nous te remercions. Nous espérons que ta sainte religion et l'Empire de notre sultan s'élèveront toujours plus haut... Et resteront bâtis sur le sable. Amin.

LE MUFTI *(serrant les dents)* : Amin.

LE SULTAN *(machinalement)* : Amin.

LE CHŒUR *(étouffant ses rires)* : Amin, Amin, Amin.

> *Un temps. Le chœur rentre dans l'ombre. Le sultan congédie le mufti d'un geste, et prend familièrement Nuage de fumée par le bras.*

LE SULTAN : Cher philosophe ! J'avais douté de toi, je l'avoue.

NUAGE DE FUMÉE : Le doute n'est qu'un grain de sable dans le désert de la foi.

LE SULTAN : Je suis mieux disposé...

NUAGE DE FUMÉE : Tu étais quelque peu accaparé par ta favorite... L'homme se sent mal à l'aise sous les yeux d'une femme, aux heures graves de la vie.

LE SULTAN : O profond philosophe, je te dois une récompense. Considère-toi officiellement comme le précepteur unique du prince héritier. Il n'y a pas de fonction plus haute.

> *Noir. Coups de gong. Près du berceau où repose le bébé royal, Nuage est allongé sur un riche tapis, sa pipe troquée contre un magnifique narguilé, symbole de fortune.*

NUAGE DE FUMÉE : Ainsi va la gloire : elle m'a tout bonnement transformé en nourrice. Désormais je suis condamné à vivre jour et nuit au chevet du prince. Il m'est impossible de m'absenter. Et je suis pris à mon propre piège, puisqu'il me faut déceler, chose absurde, les symptômes de l'intelligence dans le crâne de cet avorton qui suce encore son pouce... Aïe ! Un malheur n'arrive jamais seul... Voici que je suis pris d'un besoin urgent... Comment me diriger dans ce palais immense...

> *Nuage de fumée tourne en rond dans la chambre du prince. Son malaise est de plus en plus évident. Noir. Coups de gong. Lumière. Le prince a changé de place. Il est couché, cette fois, sur le tapis.*

NUAGE DE FUMÉE *(devant le berceau vide)* : Tant pis, j'ai noyé le berceau du prince. Je ne pouvais plus me retenir. Bah ! ça lui portera bonheur ! Remettons-le tranquillement à sa place, comme s'il prenait son bain... *(Il soulève le prince, et reste stupéfait en fixant le tapis)* : J'aurais dû le prévoir. Le prince, lui aussi, a profité du changement. Petit hypocrite !

> *Noir. Coups de gong. Lumière. D'abord projetée sur l'écran où plane en larges cercles l'image d'un vautour, la lumière se déplace, et faiblit progressivement sur la silhouette d'Ali, fils de Nedjma et de Lakhdar, orphelin vagabond. Lumière noire, mais pas encore noir absolu.*

ALI : Une ombre est descendue sur moi, et j'ai couru dans le désert
Sur un aérodrome de rocaille, et l'ombre du vautour était sur moi.

> *Coup de gong.*

Celui qui n'a jamais passé la nuit dans les pupilles d'un rapace

Sait-il à quelle cadence fuit le sang noir d'un cœur
mordu par l'effroi ?
Moi je l'ai su, et j'ai pleuré les larmes de la terreur
Et l'ombre du vautour était sur moi, il n'a cessé de
me suivre
Depuis l'heure du rapt et de la fuite, et depuis, sans
répit,
Je guette et j'assassine
Pour éloigner l'oiseau de l'ombre et l'ombre de l'oi-
seau
Et j'ai pleuré les larmes de la folie.

*Coups de gong prolongés. Ali se couche à
l'ombre du palmier. Un temps, puis on voit arri-
ver des nomades, intrigués.*

Chœur : Encore cet étranger ! Il n'a donc pas d'autre
refuge
Et nous le retrouvons, étendu à l'abri d'un arbre
N'ayant rien demandé, rien dit, rien demandé...

Coryphée : Un vautour plane sur sa tête : il est peut-être
condamné ?
Je voudrais bien lui dire un mot, mais il est toujours
délicat
De réveiller un homme sans l'appeler par son nom.

Ali *(sautant sur ses pieds)* : Qu'y a-t-il ?

Coryphée : Du calme, l'homme, pourquoi ce geste de
défense
Devant le peuple qui n'a rien à te reprocher ?
Dis-nous seulement d'où tu viens
Laisse-nous t'offrir l'hospitalité, la tradition l'exige.

*Un temps. Ali a repris sa place sous le palmier,
sans répondre.*

CHŒUR *(courroucé)* : Est-ce du mépris ou de la honte, est-ce de la honte ou du mépris ?

CORYPHÉE : Il ne parlera pas. Il se méfie.

CHŒUR : C'est sans doute un rebelle, un ami du peuple contraint à vivre sans amis ?...

CORYPHÉE : Ou bien un réfugié qui en a trop vu pour son âge, et que la guerre a rendu inhumain ?

CHŒUR : Pour vivre ainsi dans le désert, il faut une raison.

CORYPHÉE : Pas du tout. Regardez-le. Il dort sans dormir. Il nage dans le vide. Ses paupières s'ouvrent et se referment, comme s'il était à la limite du réel.

CHŒUR : Ses yeux sont rouges. Des yeux de carnassier.

ALI *(n'y tenant plus)* : Vous avez deviné. Je suis de la tribu de l'aigle. Mais l'aigle a disparu. Un vautour le remplace.

CORYPHÉE : Tout à l'heure il faisait le mort, et à présent il parle par énigmes !

CHŒUR : Vide ton sac, on t'écoute.

ALI : Vous ne me croyez pas ?

CORYPHÉE : On ne demande qu'à te croire.

ALI *(péremptoire)* : Les Ancêtres nous ont prédit que lorsque sonneront les dernières heures de la tribu, l'aigle noble et puissant devra céder sa place à l'oiseau de la mort et de la défaite. Mais peu importe. Notre totem demeure. C'est un oiseau intraitable.

CORYPHÉE *(faisant la roue)* : Dans toutes les grandes villes, on peut voir des vautours en cage, avec leurs tribus.

ALI : Oui, les vieux éclopés, ou leurs enfants nés dans la cage. Une triste minorité. Il n'y a pas si longtemps, ma mère m'a offert un petit vautour capturé vivant, et qu'on avait ficelé dans une outre, après avoir fixé à son jarret une longue entrave. Il avait donc assez de champ... Pendant que j'essayais de l'attacher à un arbre, il fit un tel tapage et se démena si bien qu'il serait mort étranglé si je n'avais lâché la corde. Mais il fallut ensuite le délivrer tout à fait, car il ne touchait pas à la viande ni à l'eau, et sa colère dura toute la journée. Il s'arrêtait un instant, à bout de forces, indigné, abasourdi comme dans un mauvais rêve, et revenait presque aussitôt à sa magnifique révolte. « Il va mourir, disait ma mère, et il ne touchera pas à la pitance. » Évidemment, je libérai l'oiseau et je le vis se perdre dans le crépuscule, non sans regrets... J'aurais voulu, moi aussi, être libre aussi. Quelle fut ma perplexité, le lendemain, et les jours suivants, lorsque je le revis qui tournoyait dans les parages ! Sa présence obstinée semblait me convier au voyage. Attendait-il ma décision ? C'était comme un jeu. Je m'amusais à le suivre de plus en plus loin. Je m'aperçus un jour que j'avais quitté ma mère. D'ailleurs, elle vivait à la belle étoile, sombrait dans la magie. Déjà elle me croyait mort. Dans son monde fantomatique, j'étais un revenant de plus. Donc, j'avais déserté le ravin de la femme sauvage, et je suivais la direction indiquée par Son Altesse le vautour. C'était l'ouest, toujours l'ouest. Arrivé à la frontière, je voulus savoir quel était le pays où j'allais entrer pour la première fois. « C'est l'empire du Maghreb », me répondit-on. Je n'avais pas toute ma barbe, on me laissa passer. « Encore une victime de la guerre », disaient les fonctionnaires et les soldats...

CORYPHÉE *(tout bas)* : Il a dû prendre un coup de soleil...

> *Le chœur chuchote à part, en hochant la tête, puis montre l'un des deux arbres, d'où se dégage une épaisse fumée, et se retourne vers Ali.*

CORYPHÉE : Tu vois cet arbre ? Et tu vois la fumée derrière l'arbre ?

ALI : Oui, je vois.

CORYPHÉE : Il y a là-bas un fumeur de haschich, un philosophe populaire. Il te cherche. Il t'attend.

CHŒUR *(à part)* : Ils sont faits l'un pour l'autre.

> *Noir. Un temps. La lumière se déplace. Nuage de fumée fume sa pipe en silence. Ali lui fait face.*

NUAGE DE FUMÉE : Ce n'est sûrement pas l'effet du hasard, si le vautour t'a poussé à franchir la frontière, et s'il a fait en sorte que le peuple te conduise vers moi. Il me reste à te révéler ce pour quoi il l'a fait, ce qu'il te reste à faire, toi, le délégué du vautour... Je te dirai avant tout que ce pays est gouverné par un sultan dont le fils est appelé d'ici peu à prendre le pouvoir...

> *Noir. Coup de gong. Lumière.*

NUAGE DE FUMÉE *(ses babouches à la main)* : Le sultan m'a offert ces babouches brodées d'or. Il dit qu'un philosophe de ma renommée ne doit pas exposer ses orteils aux cailloux. Sacré monarque ! Ne suis-je pas doublement torturé, avec ces savates impériales ? Non seulement je ne puis les mettre, par crainte des souillures, mais il faut que je les porte dans mes bras, mystérieusement, comme des enfants illégitimes ! Ceci me rappelle une chose. C'est à la mosquée que j'ai appris à voler. J'avais laissé mes souliers à l'entrée, comme tout le monde... A la fin des prières, j'eus beau fouiller sous les nattes ! Aïe ! Aïe !

> *Coups de cailloux sur Nuage de fumée. Coups*
> *de gong. Ali entre en scène, suivi par le chœur*
> *qui se dissimule.*

ALI : Je viens pour la leçon.

NUAGE DE FUMÉE : Nous commencerons par les verbes
irréguliers.

> *Un temps. Nuage de fumée commence à ensei-*
> *gner. Ali sort sa tablette.*

CORYPHÉE *(s'approchant, un plateau sur la tête)* : Voici
des cornes de gazelle de la part du mufti.

NUAGE DE FUMÉE : Ce cher mufti ! Merci. Tu diras au cornard qu'il peut être fier de sa gazelle.

> *Le Coryphée dépose le plateau et s'en va. Coup*
> *de gong.*

CORYPHÉE *(de retour)* : Le sultan te demande. C'est
urgent.

NUAGE DE FUMÉE : Décidément je deviens indispensable
en ce royaume ! *(A Ali)* : Prends garde à ce plateau. Il
contient des sucreries empoisonnées pour un conspirateur.
N'y touche pas.

ALI : Sois tranquille.

> *Nuage de fumée se retire. Ali découvre le pla-*
> *teau, observé par le Coryphée qui ne semble*
> *pas pressé de repartir. Coup de gong.*

ALI *(mangeant)* : Que la vie est bizarre ! Qu'il est doux de
périr par le poison !

CORYPHÉE : Moi aussi, je suis dégoûté de la vie. Donne-moi un peu de ton poison.

ALI *(avalant le dernier gâteau)* : Tout le monde n'est pas disciple de Socrate.

> *Un temps. Le Coryphée se retire, les oreilles basses.*

ALI : Quelle euphorie ! Je dois voguer vers le paradis. Et pourtant il faut que je pleure... *(Il se met à pleurnicher, en barbouillant sa tablette.)*

NUAGE DE FUMÉE *(rentrant, et méditant devant le tableau vide)* : Le bâtard !

ALI : Maître, j'ai barbouillé ma tablette, et j'ai oublié tout ce que tu m'as dicté. Connaissant ta sévère ironie, j'ai voulu mourir et j'ai mangé ces sucreries empoisonnées, malgré ton avertissement !

NUAGE DE FUMÉE : Le bâtard ! Il est de ces élèves qui n'attendent pas la fin de la leçon.

> *Noir. Lumière. Coups de gong prolongés. Une coupole de cristal figurant le palais du prince est venue s'ajouter au décor, près des deux arbres figurant la forêt, où l'on voit Ali le vagabond s'étendre et s'endormir. Puis la lumière se projette sur le chœur déployé autour de la coupole à travers laquelle on aperçoit la silhouette du prince vautré sur un divan.*

CORYPHÉE : Prince, tu n'as jamais franchi
La cloison de tes rêves :
Dans sa crainte de te perdre comme il perdit son autre fils

Le sultan n'a jamais voulu que tu sortes
Comme si le monde entier devait venir ici se prosterner
Réduit aux apparences d'un vitrail !

CHŒUR : Prince, tu n'as jamais franchi la cloison de tes
rêves !

CORYPHÉE : Tu dépéris, prince, tu étouffes dans le cristal.
La terre, la forêt, voilà tout ce que désire le mauvais
prince...
Mais voyez l'autre, le vagabond, là, sous cet arbre
Il est tombé de tout son long comme un roseau.
Et lui ne rêve-t-il pas ? Ne se croit-il pas au contraire
Dans le palais du prince, et loin de tout péril ?
Qui est heureux, qui ne l'est pas ? Même le rêve est
un échange...

CHŒUR : Qui est heureux, qui ne l'est pas ?
Même le rêve est un marché de dupes...

> *Un silence. Le chœur se dissimule. Un temps.*
> *Coups de gong. Ali, dans son sommeil, heurte*
> *la paroi de cristal, éveillant l'attention du*
> *prince. Un dialogue irréel commence entre Ali*
> *et le prince.*

LE PRINCE *(penché sur la paroi)* : On frappe ?

ALI : J'entends quelqu'un dans ce cristal !

LE PRINCE *(frappant contre la paroi)* : Qui parle ? Répondez !

ALI : Et toi, qui es-tu ? Réponds !... Tu ne peux pas sortir ?
Une minute.

> *Ali prend une pierre, et brise carrément une*
> *bonne partie de la coupole. Noir absolu. Coups*
> *de gong prolongés.*

CORYPHÉE *(dans le noir)* : Ils ont enfin brisé la cloison des rêves !

CHŒUR : Enfin, ils sont libres.

CORYPHÉE : Ils s'enfoncent dans la forêt.

CHŒUR : Encore un prince de moins...

CORYPHÉE : Le vagabond a rempli sa mission.

CHŒUR : De grands événements s'annoncent
Le peuple ne saurait tarder à marcher sur la capitale !

> *La coupole de cristal a disparu. Le sultan, triste et vieilli, affalé sur son trône. Trois jeunes gens s'approchent, l'un d'eux étant Ali.*

L'UN DES JEUNES GENS : Nous sommes des amis...

SECOND JEUNE HOMME : Des amis du prince.

LE SULTAN *(se dressant)* : Mon fils ! Où est-il ?

ALI : Pas loin d'ici.

> *Deux infirmiers de l'armée de libération font leur entrée, portant une civière. On voit partout des partisans gardant toutes les issues.*

LE SULTAN *(halluciné)* : Ce n'est pas vrai. Ce n'est pas mon fils ! Sortez d'ici !

ALI : Je regrette. Nous regrettons. C'est toi qui as voulu la guerre. Nous avions enlevé le prince pour le soustraire à tes intrigues, et t'obliger à traiter avec l'armée de libération, que tu persistais à vouloir écraser, alors même qu'elle avait contribué à consolider ton trône... Le prince est mort par ta faute.

LE SULTAN : Par ma faute ? Par ma faute !

ALI : Oui, par ta faute. Il est vrai que le ciel y a mis du sien... Tes cavaliers nous ont assaillis comme des sauterelles, alors qu'on pouvait compter nos hommes sur les doigts de la main. Culbutés à la première charge, nous attendions la mort, lorsqu'un vautour fit son apparition... A la seconde charge, nous le vîmes blotti sur la poitrine du prince, les ailes repliées, comme s'il allait dormir lui aussi...

> *Noir absolu. Coups de gong. Râles du prince.*
> *Le vautour plane sur l'écran.*

CHŒUR *(dans le noir)* : Le prince rêve son dernier rêve,
   Vautour, éloigne-toi !

CORYPHÉE : Vautour, éloigne-toi, il rêve son dernier rêve !

LES ANCÊTRES REDOUBLENT DE FÉROCITÉ

Une chambrée de prison à l'heure de l'appel.

LE GARDIEN : Mohamed ben Salah.

UNE VOIX DANS L'OMBRE : Présent.

LE GARDIEN : Ammar ben Ali.

UNE VOIX DANS L'OMBRE : Présent.

LE GARDIEN : Mohamed ben Ahmed.

UNE VOIX DANS L'OMBRE : Présent.

LE GARDIEN : Mustapha ben Mohamed.

UNE VOIX DANS L'OMBRE : Présent.

LE GARDIEN : Avez-vous désigné le veilleur ?

HASSAN *(montrant Mustapha)* : Lui. Il est volontaire.

LE GARDIEN *(à Mustapha)* : Comment ? Toujours toi ? Toujours volontaire pour veiller ?

MUSTAPHA : Puisque je ne dors pas, je veille.

> *Le gardien se retire et ferme la porte. Les prisonniers sont couchés le long des murs, leurs hardes*

sous la tête. Murmures. Éclats de voix. De sa place, Mustapha leur fait signe de se taire. Après un court silence, nouveaux murmures. Brusquement, Hassan se lève, et se met à marcher, en distribuant des coups de pied, ne parvenant à rétablir qu'un silence très provisoire ; les murmures continuent.

HASSAN : Alors, vous voulez pas la fermer ?

Faux silence.

HASSAN *(à Mustapha)* : Allume ton briquet.

Mustapha s'exécute.

HASSAN : Tous couchés ? Bon. Je commence.

Au pas de gymnastique, Hassan fait plusieurs fois le tour de la salle, sur les estomacs des hommes, tous couchés au garde-à-vous, comme préparés à cet étrange rite punitif. Ni cri, ni soupir. Hassan retourne à sa place. Un silence. On ne voit plus que la flamme de briquet éclairant Mustapha. Coups de gong prolongés. A pas de loup, Hassan va réveiller Mustapha. Celui-ci se dresse, automatiquement, pour faire le courte échelle à Hassan, qui se met à gratter le plafond avec un instrument de fortune. Un temps. Le jour se lève. Lumière sur Hassan. Il retombe sur ses pieds.

MUSTAPHA : Pas encore. Notre jour n'est pas encore arrivé.

HASSAN *(retombant sur ses pieds)* : Ce sera pour ce soir.

> *Les hommes se réveillent. Noir. Coups de gong*
> *prolongés. Lumière sur Hassan et Mustapha.*
> *La scène précédente se répète rapidement. On*
> *voit Hassan venir à bout du plafond. Sa tête est*
> *déjà engagée dans l'ouverture lorsque, à un*
> *signal donné, les prisonniers se lèvent et font*
> *cercle autour des deux complices.*

LES PRISONNIERS : Et nous ? Et nous ! Vous allez nous laisser ici ?

MUSTAPHA *(soulevant l'échine)* : Je savais bien qu'ils étaient tous dans le coup.

HASSAN *(sans descendre)* : Écoutez. J'ai trois choses à vous expliquer. Primo : il y a des mouches. Donc, il y aura un rapport. Ou bien c'est déjà fait. On nous attend peut-être à la sortie, histoire de compter les têtes brûlées. Dans ce cas, ils en abattent quelques-uns en flagrant délit. Pour faire de la place. Les prisons sont pleines. Secundo, on a juste le temps, et le travail n'est pas fini. Y a encore les deux cours, et le grand mur. Notre corde est trop courte. Si vous en avez d'autres... Tertio : Pas de tapage. Chacun son tour. Une fois dehors, on se disperse, et on se connaît pas.

> *Flottement parmi les hommes. On entend des*
> *« il a raison », des « on sera repris », en même*
> *temps qu'on voit Hassan disparaître dans le*
> *plafond. Noir. Lumière. Coups de gong prolongés. De la prison, on ne voit plus qu'un pan de*
> *mur. On entend des pas d'hommes nombreux*
> *marchant, escortés par des soldats. Le convoi*
> *longe le mur de la prison, sous les yeux du*
> *chœur accroupi à l'avant-scène, dans les*

ruines de tous les temps qui caractérisent l'Algérie. Le chœur, composé d'hommes et de femmes, joue un rôle ambigu : ne pas trop se montrer au passage des soldats, tout en manifestant intensément sa présence vis-à-vis du public.

CORYPHÉE : Encore des prisonniers.

CHŒUR : Encore des soldats.

CORYPHÉE : Ils vont tout droit au polygone.

CHŒUR : Au polygone ?

CORYPHÉE : Oui, c'est là qu'on fusille.

CHŒUR : Polygone, polygone, polygone...

CORYPHÉE : Ils ont tout mesuré. Ils passent leur temps à prendre des mesures contre nous. Le polygone, en géométrie, ça veut tout dire...

CHŒUR : Il y a, au même endroit, là où on fusille, un camp de concentration...

MUSTAPHA *(masqué, se détachant du chœur)* : C'est vrai. J'y étais, il y a dix ans.

CORYPHÉE : Nous sommes riches en polygones...

CHŒUR : Sans compter les cimetières.

CORYPHÉE : Pour ne parler que des terrains vagues. Quant à la prison, c'est un luxe, en prévision de la paix.

CHŒUR : Polygone, polygone, polygone...

CORYPHÉE *(doctoral)* : Tout territoire est un polygone. Tous les pays sont des polygones inscrits dans la sphère terrestre. Il y a des polygones réguliers, des hexagones, comme la France... Et il y a les irréguliers...

Silence, un nouveau convoi traverse la scène.

CORYPHÉE : Encore des prisonniers.

CHŒUR : Encore des soldats.

CORYPHÉE : Ah ! si les prisonniers avaient des armes...

CHŒUR : Si on pouvait désarmer les soldats...

> *A ces mots, Hassan, masqué, se détache du chœur, montrant une arme dissimulée sous sa veste.*

CHŒUR *(profondément étonné)* : Il est armé !

HASSAN : Connaissez-vous Tahar ?

CORYPHÉE : Tahar ?

CHŒUR : Ah oui, Tahar, Tahar, Si Tahar...

CORYPHÉE : Sidi Tahar... Un cœur tendre. On trouve tous les jours chez lui le couscous des pauvres. Malheureusement il habite loin...

HASSAN : Donc vous savez où il habite...

> *Noir. Lumière. Le chœur a disparu. Hassan et Mustapha sont à l'avant-scène, en uniforme d'officiers de l'armée française.*

HASSAN : Dans la vie, et surtout dans la guerre, avec le peuple ou face à l'ennemi, nous devons jouer tous les rôles.

MUSTAPHA : Tu as le sens du théâtre. Moi pas, j'ai le trac.

HASSAN : Ne fais pas l'innocent. Nous sommes montés en grade, et nous passons de l'autre côté, juste le temps de rendre visite à Sidi Tahar, Président d'une confrérie loyale à la Mère Patrie. Ses immenses domaines sont gardés nuit et jour par l'armée. Oui, nous serons reçus avec les honneurs militaires.

> *La lumière se déplace. Factionnaire montant la garde. Soldats visiblement ennuyés, furieux d'avoir été mobilisés pour assurer la sécurité d'une potiche coloniale, laquelle potiche, Tahar, trône au milieu de la scène, en sirotant son thé accompagné de petits gâteaux, la face rayonnante, les doigts chargés de bagues, le turban architectural, un éventail dans une main, dans l'autre un cure-dents, ses orteils frétillant dans de fines babouches, paisible et pacifié, présidentiel. De temps à autre, lorsque l'éventail le fatigue, et que le cure-dents l'agace, il a recours au chapelet, sous l'œil narquois des soldats. Un temps, pendant lequel le personnage de Tahar prend toute sa signification. Puis Hassan et Mustapha font leur entrée, militairement, salués par toute la troupe au garde-à-vous. Ils vont droit vers Tahar qui se lève, empressé.*

HASSAN ET MUSTAPHA *(saluant)* : Monsieur le Président...

TAHAR *(répondant des deux mains)* : Mon colonel, mon commandant...

MUSTAPHA : Nous avons besoin de vous. C'est urgent. Nous sommes en conférence à la préfecture, pour préparer les élections.

TAHAR *(alléché)* : Ah oui, c'est vrai, les élections...

HASSAN : Vous êtes notre homme.

MUSTAPHA : Venez vite. La voiture nous attend.

TAHAR *(jouant la confusion)* : Mon colonel, mon commandant...

> *Noir. Lumière. La scène est déserte. Entrent Hassan et Mustapha, poussant Tahar devant eux.*

HASSAN : Marche ou crève.

MUSTAPHA : On peut s'arrêter ici.

TAHAR : Mon colonel, mon commandant...

> *Ils s'arrêtent. Hassan conduit l'interrogatoire. Mustapha fait le guet.*

HASSAN : Commençons par le commencement. Tu connais beaucoup de femmes, dit-on...

TAHAR *(rassuré)* : C'était donc une histoire de femme...

HASSAN : Il y en a une qui nous intéresse tous les trois. Regarde-moi bien.

> *A ces mots Hassan jette son képi, et Mustapha en fait autant. Tahar reste un moment stupéfait, puis se met à psalmodier en tremblant.*

TAHAR : Il n'y a de dieu que Dieu, Mohammed est l'Envoyé de Dieu !

HASSAN : Tu feras ta prière après. Parle-nous de cette femme.

MUSTAPHA : Pas la peine de mentir. Nous savons...

TAHAR : Si Hassan, Si Mustapha ! Mes enfants...

HASSAN : Pas de blagues. Avec un képi et des galons, on peut toujours vous mener, toi et tes semblables, par le bout du nez. A propos...

> *Hassan s'approche de Tahar, et tire son couteau. Mustapha s'interpose.*

HASSAN : On va pas gaspiller des munitions. Ou on l'égorge, ou on le défigure. Souviens-toi de Lakhdar.

MUSTAPHA : Je me souviens. Il y avait avec nous, la première fois qu'on a été coffrés, Lakhdar et moi, un type à qui on avait coupé le nez dans une affaire... d'honneur, puisque, dans le jargon populaire, l'organe de l'honneur, c'est le nez, le nif, comme on dit. Mais l'ablation nasale n'y changea rien. Toujours aussi vil, inaccessible aux remords du fait même qu'on avait justifié sa haine à l'avance, il se remit à patauger en quête d'une nouvelle souillure. Sais-tu pourquoi il était là, en tôle, avec les patriotes ? Pour avoir tué un petit juif de treize ans, notre ami d'enfance, à Lakhdar et à moi. Il croyait se réhabiliter, à défaut de récupérer son nez taillé en pièces... Piètre châtiment ! Tu me diras : on n'espérait pas le changer, on voulait donner un exemple. Mais le peuple, lui, n'a que trop de flair. Il comprendra tôt ou tard que nous avons perdu notre temps : si les traîtres n'ont pas de nez, comme on dit, à quoi bon les priver de ce qu'ils n'ont pas ?

HASSAN : En somme, tu prêches le Grand Pardon, à la mémoire de ce petit juif ?

MUSTAPHA : Laisse-moi l'interroger.

TAHAR *(larmoyant)* : Ah ! mon enfant !

MUSTAPHA : Cette femme, tu l'as revue.

TAHAR *(composant)* : Il y a longtemps, bien longtemps...

MUSTAPHA : Où est-elle ?

TAHAR : Par Dieu, je ne sais pas. Soyez humains...

HASSAN : Il finira par nous faire la morale.

MUSTAPHA : Où est-elle ?

TAHAR : Je ne sais pas. Je ne sais pas. Sur la tête de mon fils !

HASSAN : Quel fils ?

TAHAR : Le... *(se reprenant)* : le plus petit.

Hassan ouvre son couteau.

TAHAR : Une drôle de femme. On raconte qu'elle a vécu en France, dans un bar, et ici, avec un nègre...

MUSTAPHA : Continue.

TAHAR : A présent, elle est toujours fourrée avec son fils, un petit voyou, dans un ravin...

MUSTAPHA : Un ravin ?

TAHAR : On appelle ça le ravin de la femme sauvage. Oui, on dit des tas de choses. Elle aurait même apprivoisé un vautour...

HASSAN : Il recommence à nous prendre pour des petites filles.

TAHAR *(emporté par sa naïveté crapuleuse mais réelle, fondamentale)* : Renseignez-vous. On vous racontera l'histoire du vautour qui vient la voir, et à qui elle a donné son nom...

MUSTAPHA : Quel nom ?

TAHAR *(inquiet, comme s'il en avait trop dit)* : Un nom...

MUSTAPHA *(dégainant son arme)* : Quel nom ?

TAHAR *(plus mort que vif)* : Lakhdar !

> *A ce mot, Mustapha fait feu, et Tahar s'écroule.*

HASSAN : Bravo. Tu m'as laissé loin en arrière. Je comprends. Tu as voulu venger Lakhdar de ta propre main. Mais tu regretteras cette balle.

> *Noir. Coups de gong prolongés. Lumière. L'action se poursuit sans interruption. A l'ombre d'un oranger sauvage dont les fruits jonchent le sol, caractérisant le lieu tragique en tant que climat, une femme échevelée, pieds nus, ne quittant pas son voile noir, de sorte qu'on ne distingue ses traits que par éclairs, lorsqu'elle s'anime.*

LE CHŒUR DES JEUNES FILLES *(faisant son entrée)* : Le voici, le voici !

CORYPHÉE : Le voici, l'oranger...

CHŒUR : Oui voici l'oranger aux fruits amers.
    La stérile abondance de ce pays !

CORYPHÉE *(montrant la femme)* : Et la voici, Elle, encore sous l'empire du démon !

CHŒUR *(chantant)* : Au ravin de la femme sauvage.
    Allons en pèlerinage...

LA FEMME SAUVAGE *(avec un sursaut)* : Que me voulez-vous ?

CORYPHÉE : Nous sommes seules.

CHŒUR : Nous sommes seules.
  Les hommes sont en guerre
  Tous à la guerre, ou en prison, ou en exil !

LA FEMME SAUVAGE *(pensive)* : Seules, nous l'avons
  toujours été.
  Mais aujourd'hui nous arrivons au bout du compte.
  C'est le moment ou jamais.

CHŒUR : Ah ! oui, parle-nous, parle !

CORYPHÉE : Nous sommes seules, dis-nous
  Ce que te dit ta solitude.

LA FEMME SAUVAGE : C'est le moment ou jamais, c'est la
guerre, prenons nos libertés.

CORYPHÉE *(timide)* : Nos libertés ?

CHŒUR *(enthousiaste)* : Oui, oui, prenons nos libertés !

LA FEMME SAUVAGE : A nos deux privilèges
  Le deuil et le fardeau
  Ajoutons la férocité
  Marchons nous aussi au combat !

> *Un temps. La femme sauvage, fixant un point*
> *dans l'espace, semble attendre un signal. Le*
> *chœur superstitieux est suspendu à son regard.*

LA FEMME SAUVAGE : Etes-vous prêtes ? Voulez-vous des
armes ?

CORYPHÉE *(inquiet)* : Des armes ?

CHŒUR *(agité)* : Oui, des armes !

LA FEMME SAUVAGE : Regardez. *(Elle indique au fond de*
la scène l'image d'un vautour planant sur un pan de mur
qui fait écran.)

CHŒUR : Le vautour, le vautour !

LA FEMME SAUVAGE : Là où plane un vautour, le charnier n'est pas loin.
Et là où gisent les charniers gisent les armes.

> *Un temps. Noir absolu. On ne voit plus que le*
> *vautour qui plane en larges cercles sur l'écran.*
> *Puis une voix grave et lointaine se fait entendre,*
> *ponctuée à coups de gong.*

LE VAUTOUR : Jeunes filles, vous ne pouvez m'entendre,
et je ne puis parler
Ce cœur d'acier qui se détraque, j'en ai perdu la clé
Aux mains de cette magicienne qui vous exhorte
Comme elle a su mentir à mon destin
Je ne puis dire combien la mort est maternelle en
amour
On ne doit pas brusquer l'étape avec les vierges
Mais puisque vous allez vers le massacre
Je ne puis, moi, vautour, vous en dissuader
Je veillerai pour vous ravir au serpent du tombeau
A la glaciale science de la morgue
Et j'espère bientôt m'abattre sur la sauvage
Enfin débarrassé de ces ailes qui m'épuisent !
Alors je n'aurai plus à me relever ayant cueilli son
dernier souffle,
Tel fut et tel demeure l'unique dénouement que je
désire :
Rite miraculeux, nuptial et funèbre où c'est le dis-
paru qui ranime
Et la veuve qui vient au monde une seconde fois...

> *Un temps. Faible lumière sur le chœur effrayé*
> *qui chuchote.*

CORYPHÉE : Drôle d'oiseau !

CHŒUR : On ne l'avait jamais vu de si près.

> *L'effroi augmente dans le chœur des jeunes
> filles qui se serrent contre la femme sauvage,
> muette et comme absente sous l'oranger.*

LE VAUTOUR : Hélas, j'ai beau garder mes distances
Et demeurer dans mon énigme
J'inspire la terreur.
Pourquoi ne pouvons-nous sur une même planète
Ressentir en commun la promiscuité d'un voyage ?

LE CHŒUR *(quêtant une parole de la femme sauvage)* :
Drôle d'oiseau, drôle d'oiseau !...

LA FEMME SAUVAGE *(sardonique)* :
Venu de l'est, il réside à l'ouest,
Hiéroglyphe solaire
Le désert est son juste milieu
A part ça, grand sculpteur de squelettes
Le vautour noir et blanc se considère comme un
artiste...

LE VAUTOUR : N'importe, à défaut de m'entendre,
vous recevrez par une autre voix
Ma désespérante réponse.
Jeunes filles, jeunes filles, vous les émerveillées
Pour vous j'offre moi-même à déflorer ma mémoire
Pour vous les vierges esseulées par la guerre et l'exil
Afin que la légende en vos sourires incrédules
Puise le sel qui donne un goût de force à la plaie
Je veux vous approcher sous le regard blessant de la
Recluse
En plein vent !
Oui, me voici, je descends
Ironiquement vulnérable

Sa pensée la plus frêle en moi de toutes parts s'est
infiltrée
Fleur et racine, et je m'éveille avec elle, blottis,
couple tenace
Chacun passant ses nuits dans les rêves de l'autre...

> *Pendant ce monologue, le vautour n'a pas cessé
> de planer. La femme sauvage, touchée, a fini
> par relever les yeux sur lui, donnant des signes
> d'agitation. A la dernière strophe, le vautour se
> projette en gros plan sur l'écran, les ailes
> déployées.*

CHŒUR *(pétrifié)* : Le vautour ! Le vautour ! Il perd de la
hauteur !

CORYPHÉE : Il hésite à descendre...

CHŒUR : Et il hésite aussi à s'éloigner !

CORYPHÉE *(faussement sarcastique)* : Il a bu trop d'éther !

> *Noir absolu, y compris sur l'écran. On ne voit
> plus rien.*

LE VAUTOUR : De toutes les ivresses, je sais laquelle était
fatale
Mais je retourne à l'étoile assombrie confier mes
doutes
Et je gronde incompris vers l'incomprise
Comme on découvre une victime prise pour morte
Et comme on respire dans l'étreinte un sang tout
chaud
Horriblement proche, et comme si, dans la confusion
charnelle,
On s'était soi-même dévoré dans une autre bouche !

Un temps. Coups de gong. Lumières cruelles sur la femme sauvage, prostrée, plus renfermée encore dans son voile noir, au milieu des jeunes filles en émoi. Enfin elle se relève, et ses imprécations vont s'adresser au vautour, bien que son image n'apparaisse plus sur l'écran.

LA FEMME SAUVAGE : Non je ne pleure pas
 Il a vécu comme un bandit
 Comme un bandit par effraction
 Son ombre est revenue
 Et de nouveau il erre en liberté provisoire
 Il a forcé tant de cellules
 N'a jamais eu qu'à s'évader
 Quittant sa sépulture comme il quittait jadis la prison
 Et toujours aggravant la peine
 Sa tête roule dans mon cœur avec un bruit de chute éternisée
 Oui cette pierre unique suffit à ma lapidation
 Un météore sans répit me frôle et me bombarde
 C'est lui, c'est toujours lui réintégré dans l'impunité de l'espace
 Il me provoque à l'ombre de la patrie des morts
 Et toutes les superstitions viennent de lui, là-bas...

CHŒUR DES VIERGES : A l'ombre de la patrie des morts.

Un temps. Le vautour réapparaît, planant en larges cercles.

LE VAUTOUR : Il n'y a plus d'amour, il n'y a plus personne, il n'y a plus que moi,
 Il n'y a plus que moi, l'oiseau de mort, le messager des ancêtres.

CHŒUR DES VIERGES *(fuyant sans quitter la scène)* :
L'oiseau de mort, le messager des Ancêtres !

LA FEMME SAUVAGE *(suppliante)* : Vautour, éloigne-toi !

LE VAUTOUR : Ah ! si le vieux Keblout, notre commun ancêtre, ne m'avait envoyé, je mettrais fin à cette dérisoire fidélité dans l'absence. Mais je dois rendre compte d'un cadavre, et ramener la veuve à la tribu, en lui montrant la voie funeste qui côtoie les charniers, vers l'antre de Keblout et de tous les siens. Malheur si elle tarde ! Elle y retrouverait plus d'un amant, et plus d'un frère ; et la discorde alors s'élèverait jusqu'aux ancêtres, jusqu'à Keblout anéanti, jusqu'à la catastrophe. Or moi-même séduit, je m'identifie à l'amant, et voici que j'allonge encore ma longue entrave, amèrement ressuscité, décomposant à l'infini la chère ultime image. Moi aussi j'ai un cœur, et comme volatile j'ai le cœur lourd, le feu menace, il se pourrait bien que j'explose en plein vol, même si le mal de l'air, spectre acharné, à la mutine m'enlève et me proscrit...

CHŒUR DES VIERGES *(tournant en rond et bafouant le vautour)* : Le mal de l'air, le mal d'amour, le mal de l'air est sans remède !

LA FEMME SAUVAGE *(effarée)* : Vautour, éloigne-toi ! Je sais, je sais, tu es l'ancien Lakhdar, toi le monstrueux animal nourri de son cadavre, toi l'oiseau des ancêtres, la source de sang noir, toi le rapace purificateur nourri de toutes les dépouilles de notre clan, tu es l'ancien Lakhdar, le cadavre encerclé dont l'ombre plane comme une âme, à la recherche d'un autre corps...

LE VAUTOUR *(perdant de la hauteur)* : Ce corps vivant, c'est toi !

CHŒUR DES VIERGES *(s'éloignant)* : Quel pacte a-t-elle, cette sauvage, avec l'oiseau de mort ?

LA FEMME SAUVAGE : A force de rester seule, j'ai appris
    dans mes transes
    Le langage des ombres.
    Dans l'attente de son retour, je suis habituée
    A la terreur et au doute,
    Car il aime à se déguiser !
    Vertigineux alcool, il sait courir le long des veines
    Par sa faute noircies, et il sait boire avec moi
    Et me disputer son poison !
    Il ne m'a rien laissé.
    Son orphelin, tout comme lui, fantôme en réduction,
    court les chemins,
    Et je n'ai plus de lui le moindre souvenir.

LE VAUTOUR : Aveuglé, je ne sais qui m'éclaire,
    Persécuté par son silence,
    Je ne sais plus ni m'effacer ni imposer ma loi :
    Dites-moi si je suis bien mort !
    J'ai eu beau m'envoler, mon ombre traîne
    Dans le sang de la femme sauvage, et je suis ivre
    Comme je ne l'ai jamais été !
    Jamais je n'avais eu le vin si triste,
    Et c'est vrai, jeunes filles, j'en arrive à l'éther !
    Après un tel automne usurpateur, les saisons elles-
    mêmes
    Ne savent plus se suivre qu'en cortège lugubre
    Pas de violette endolorie dont le parfum survive
    comme le sien.
    Et j'accuse comme elle accuse, en mauvais coups,
    Toutes ses larmes, innombrables, diamants d'un œil
    qui dure
    En ses tranchants, soit qu'elle pleure privée de proie
    comme un requin
    Ou qu'elle remonte en moi comme un cadavre.

CHŒUR : Il perd de sa hauteur, il a bu trop d'éther,
    Le vautour noir et blanc !

LE VAUTOUR : Jeunes filles complices des regards fous de
la sauvage
Oubliettes de son exil retentissant !
Verrai-je donc pires beautés sur le chemin du retour ?
Verrai-je de l'incertaine se préciser les exigences ?
Mais à quoi bon revivre pour mourir ?
Au seuil d'un paradis obscur, le vieux malheur nous
guette.
Combien de ceux qui s'aventurent
A revoir la Promise
Sont poignardés !
Mais ce poignard, c'est la clé des retrouvailles !

> *Un temps. La lumière baisse. Deux hommes
> masqués, rasant le pan de mur, et s'interposant
> ainsi contre l'image du vautour, jettent des
> armes en direction du chœur. En échange, et en
> signe d'engagement, les jeunes filles jettent
> leurs bijoux, et prennent les armes.*

CORYPHÉE : Honneur, honneur à vous guerriers qui libérez
les femmes !

CHŒUR : Honneur à vous qui ressentez les souffrances
De celles qui se cachent pour enfanter
Et pour combattre jettent leurs bijoux !

> *A ces mots, les jeunes filles se groupent en
> ordre de marche, tournées vers la femme sau-
> vage qui hésite, suspendue à l'image du vau-
> tour revenue sur l'écran, les deux hommes
> masqués ne faisant plus obstacle à la projec-
> tion, car ils ont filé à l'anglaise le long du
> mur.*

LE VAUTOUR : Va, de tes doigts caressants cueille les poux
  du peuple,
  Et de la part de son vigile, va troubler son sommeil...

LA FEMME SAUVAGE *(prenant la tête du groupe)* :
  Naïves et redoutables sont nos armes
  Comme le peuple qui accourt gagné par la prophétie,
  Oui, elle sera lavée la défaite séculaire
  Et notre terre en enfance tombée, sa vieille ardeur se
  rallume !

CORYPHÉE : Partout dans le pays on s'arrache la terre, et
  même les cadavres
  Tirent la terre à eux comme une couverture
  Bientôt ceux qui se croient vivants ceux qui vivent
  sur notre dos
  N'auront plus où dormir.

> *Insensiblement, prenant place sur le plateau*
> *tournant, le groupe se met en marche, tout en*
> *continuant à déclamer son hymne de combat.*

CORYPHÉE *(ployant sous son fusil)* :
  Nous sommes celles qui reçoivent en premier lieu
  Tous les coups, d'où qu'ils viennent.
  Ce chargement de mort nous pèse, et il faut vivre :
  Ainsi qu'une lance tremblante à nos poitrines
  Nous emportons la longue escorte des assassins.

> *Coups de feu suggérant le combat tout proche.*
> *Des hommes font irruption sur la scène. Ils*
> *s'avèrent, à leurs emblèmes, partisans de l'ar-*
> *mée populaire. Hommes et femmes s'embras-*
> *sent, en échangeant des quolibets.*

CORYPHÉE *(homme)* : Salut, petite armée des grands yeux
noirs !

CORYPHÉE *(jeune fille)* : Salut, messieurs les bandits. Vous jouez aux gendarmes ?

> *Un temps. Les effusions passées, les deux groupes se remettent en ordre de marche, distinctement, et le ton du chœur de part et d'autre, devient grave.*

CHŒUR DES JEUNES FILLES :
> N'espérez nulle plus belle halte
> C'est par vos yeux à vous que la nation verra le jour
> Exercez-nous à distinguer parmi les astres
> Dans la broussaille où les rougeurs d'été sont accomplies.

CORYPHÉE *(homme)* : Vous voudriez venir avec nous ?

CORYPHÉE *(jeune fille)* : A l'heure du sacrifice, la nation mère
> Nous a courageusement rassemblés.

> *Les deux groupes se joignent rapidement, et se mettent en marche.*

CHŒUR *(hommes et femmes, alternant)* : Enfin, les géants venus des bois ont jeté au feu les fausses récoltes.

> *Ils traversent la scène, et la lumière baisse. On entend, de plus en plus proches, des coups de feu, des hurlements et des plaintes. Une voix reprise par le chœur laisse tomber de temps à autre, comme une sentence, cette simple phrase : « C'est la guerre. » Enfin la scène se vide. Un temps. Coups de gong prolongés. Hassan et Mustapha, ayant repris le masque, ne cessent d'arpenter la scène, tout en marchant dans le désert.*

MUSTAPHA : Toujours la même chose. Les éternels bavards disent que la guerre est finie. On en parle dans les cafés.

HASSAN : Aucune importance. Notre peuple en a vu d'autres. Il sait bien, lui, qu'une guerre comme la nôtre, n'ayant jamais cessé, ne sera jamais finie.

MUSTAPHA : Dans ce désert où nous n'avons rien, où rien ne nous abrite, où nos formes de combat ne valent rien, puisqu'il faudrait ici se battre en rase campagne, et déployer au grand jour une armée contre une autre, dans ce désert, où nous ne sommes rien, et qui n'a retenu la trace d'aucun empire, aucune puissance ne peut plus nous épouvanter ni nous corrompre. Celui qui a subi le bombardement du soleil à midi ne craint plus l'assaut des moustiques.

HASSAN : Pas d'autre nouvelle ?

MUSTAPHA : Rien de nouveau. Des nomades ont vu vers la frontière, à l'ouest, une femme voilée de noir, avec d'autres femmes. Elles suivaient une caravane. Je te répète ce qu'on m'a dit, sans plus.

HASSAN : Et cette caravane a franchi la frontière ?...

MUSTAPHA : Probablement.

HASSAN : Nous avons eu tort de les laisser sans protection. Le grand Maghreb est encore loin.

MUSTAPHA : Nous avons un traité avec le sultan. L'armée royale ne peut l'ignorer.

HASSAN : Abdelkader a été trahi et livré sur la frontière !

MUSTAPHA : Le sultan d'aujourd'hui n'est pas celui d'hier.

HASSAN : Tu n'as qu'à lire les journaux.

MUSTAPHA : Je ne suis pas de ceux qui lisent entre les lignes.

> *Un temps. Hassan et Mustapha ont quitté la scène. La lumière se projette à nouveau sur le pan de mur faisant écran, où plane le vautour, puis sur une caravane de femmes, guidées par un vétéran, et parmi lesquelles on distingue la femme sauvage, à son voile noir.*

LE VÉTÉRAN *(les yeux fixés sur l'écran)* : Vautour, éloigne-toi ! Nous ne sommes rien pour toi, et tu n'es rien pour nous. Vautour, vautour, cesse de nous poursuivre, nul d'entre nous n'est à l'article de la mort, vautour éloigne-toi !

> *Le vautour plane, continue à planer sur l'écran.*

LE VÉTÉRAN *(même jeu, tout en montrant les jeunes filles)* : Que toutes les vierges se dévoilent ! Oiseau maudit, regarde ! Toutes ces beautés guerrières sont destinées à l'armée royale. Il faut bien que nos hommes soient récompensés de leur fidélité, en ces temps difficiles ! Quant à celle-ci, la plus épineuse *(Il montre la femme sauvage)*, j'en fais mon affaire, j'ai dompté autrefois des juments plus rétives... Non je n'ai rien pour toi dans ma caravane, vautour, oiseau maudit, éloigne-toi de mon chemin !

> *Le vétéran éclate de rire, satisfait de sa gros-sière plaisanterie, mais le vautour plane tou-jours, tandis que baisse la lumière, et que la caravane s'installe pour la nuit. A la faveur de la pénombre, Hassan et Mustapha s'approchent en silence. Tandis que Hassan guette le vétéran, et, au moment voulu, le poignarde tranquille-*

ment sans que celui-ci ait eu le temps de faire
ouf, Mustapha s'avance vers la femme sauvage
étendue sur le sol. Dès qu'elle l'aperçoit, elle
pousse un hurlement. Réveillées en sursaut, les
jeunes filles se dispersent, et butent sur le corps
du vétéran. Hassan jette le masque. Il s'efforce
de les calmer, et les entraîne dans la coulisse.
Mustapha reste seul avec la femme sauvage qui
ne semble pas être consciente de sa présence.
Même après qu'il ait à son tour jeté le masque,
elle fixe intensément le pan de mur qui s'éclaire
soudain, et où réapparaît, en gros plan, le vau-
tour. Il bat furieusement des ailes, devant ce tête-
à-tête où il ne peut intervenir.

LA FEMME SAUVAGE : Enlève-moi, Lakhdar, Lakhdar,
    enlève-moi !
    Je ne veux pas tomber sous le pouvoir
    Du sultan dont l'ancêtre a trahi le nôtre
    Oui souviens-toi d'Abdelkader trahi
    A la dix-septième année de sa lutte
    Par le sultan jaloux de nos victoires
    Oui, l'ancien sultan
    Dont l'héritier envoie aujourd'hui ses chiens sur nos
    traces
    Et il profite de notre deuil, comme il profite de la
    guerre
    Pour négocier notre désert, sur la poussière de nos
    cadavres
    Après avoir livré à la police les cinq doigts de notre
    main
    Oui nos cinq dirigeants emprisonnés par sa faute
    Oui, souviens-toi, Lakhdar !...

MUSTAPHA *(à part)* : Voici de quoi me rafraîchir la
    mémoire !

C'est Lakhdar qu'elle appelle
Moi je n'ai pas de nom, à juste titre éclipsé
Il n'y a plus qu'à reprendre le masque.
Et pour que rien de ce qui fut ne demeure
Pour que le sanctuaire ne connaisse que la visite des
serpents
Il faut que je poursuive la femme de mon meilleur
ami
Et il me faut, repoussé, toujours me faire entendre
Et il me faut souiller la trace de l'ami
Importuner la fugitive et, même pour la défendre,
porter le masque.

> *Noir. Lumière. Hassan, Mustapha, la femme
> sauvage et le chœur sont à la recherche d'une
> piste dans le désert. Au cours de leur marche
> par étapes forcées, les jeunes filles tombent
> épuisées. Une seule reste debout, qui joue le rôle
> de coryphée. Prédestinée à la conscience totale
> de la tragédie, elle va raconter, avant de
> s'écrouler elle aussi, à l'avant-scène, l'histoire
> du trio perdu dans le désert : Hassan, Mustapha
> et la femme sauvage, lesquels, pendant qu'elle
> parle, agissent en rapport avec ce qu'elle révèle,
> en pleine simultanéité, car leur action doit deve-
> nir muette pour prendre son relief.*

CORYPHÉE : Après l'enlèvement, ils marchent,
Ils marchent tous les trois
Pourchassés par l'armée

> *Coups de feu.*

Sans eau, sans pain, et sans cartouches.
Ils marchent à en perdre la raison.
Et le délire des deux amis,

En présence de la femme,
Va déchaîner la rivalité :

> *La femme sauvage perd son voile. N'a pas la
> force de le reprendre. Sa beauté se révèle :*

Autant mourir disent leurs regards
Dans un autre délire combien consolateur.

> *On reconnaît Nedjma.*

Autant s'éteindre dans les bras
De la femme !
Mais elle, plus que jamais sauvage marche à l'écart
En plein soleil, pleine d'insolence et dans la nuit
marquant
Toute l'ampleur de leur polygone étoilé.
Oui, elle marche, mais à l'écart, et le drame se joue
encore à son insu.

> *Un temps. On voit Hassan et Mustapha s'arrê-
> ter face à face.*

CORYPHÉE *(précipitant son rythme)* : D'un même regard
les deux amis se foudroient
Ils ont compris l'un et l'autre que l'un ou l'autre doit
tomber
Et ils se figent sur le sable comme deux rochers
Mais ce défi est un adieu. Aveu d'une amitié assom-
brie en son zénith,
C'est presque avec des larmes, oui des larmes
C'est presque avec des larmes qu'ils font feu
Du même coup...

> *Hassan et Mustapha tirent l'un sur l'autre.
> Hassan s'écroule. La femme sauvage, qui mar-*

chait à l'écart, n'a rien saisi de cette scène, qui s'est passée en un éclair. Alertée par les coups de feu, elle se retourne et s'affaisse aussitôt devant le corps de Hassan.

CORYPHÉE : Incroyablement terrassée, comme par l'écho de la détonation,
Elle plie, la femme sauvage, elle tombe sur ses genoux !

Un temps. Mustapha manipule avec rage son revolver vide, puis s'empare de celui que Hassan a laissé choir, et le rejette avec la même rage : il n'y a plus de balle. Mustapha contemple longuement les deux corps et les deux armes gisant sur le sable, tandis que l'image du vautour réapparaît en gros plan.

CORYPHÉE : C'est l'heure du vautour
Le survivant n'y pourra rien
Il ne peut même pas retourner contre lui
Les instruments de mort
Dérision promise
A celui qui avait gaspillé une balle
Pour un traître, alors qu'il eût suffi de lui couper le nez...
Il a deux meurtres à son actif, cet étudiant, ce novice :
Ayant vengé un ami, il en abat un autre et ce n'est pas fini !

CHŒUR : C'est l'heure du vautour.

CORYPHÉE : Toute guerre est fratricide
Toute vraie guerre nous remémore
Les cannibales incestueux.

CHŒUR : Oui toute guerre est pareille à celle des Grecs
pour Hélène :
De l'amour à la mort, la guerre est le plus court chemin.

CORYPHÉE : Et si loin qu'on remonte, une femme sauvage
est occupée à dévorer les hommes, sans haine et sans
pitié.
De la vie à la mort son choix reste équivoque :
Elle est originaire de la tribu de l'aigle et du vautour.

*Coups de gong. La lumière faiblit. On voit venir
à l'avant-scène un groupe de vieillards portant
une pancarte, où l'on peut lire en grosses
lettres : COMITÉ CENTRAL DES ANCÊTRES.
Noir.*

CHŒUR DES ANCÊTRES *(dans le noir)* :
Nous les ancêtres, nous qui vivons au passé
Nous la plus forte des multitudes
Notre Nombre s'accroît sans cesse
Et nous attendons du renfort
Pour peser d'un poids subtil sur la planète
Et lui dicter nos lois.
Nous, Comité central des Ancêtres,
Nous sommes parfois tentés de parler à la terre,
De dire à nos enfants : courage
Prenez place dans les vaisseaux de la mort
Venez rejoindre à votre tour l'armada ancestrale
Qui n'est pas loin d'avoir conquis
Et le temps et l'espace
Mais les vivants ne savent ni vivre ni mourir
N'ont pas une pensée pour les Ancêtres
Toujours présents à leur chevet !
Pourtant celui qui écoute ne peut manquer d'entendre ;

Celui qui ne craint pas d'observer le vide
Verra grandir le point noir qui le hante :
En désespoir de cause, nous avons élu le vautour
Comme le mâle insoupçonné porteur de nos messages
Oui, le vautour, et son passage est un arrêt de mort
Et il survole votre agonie
Dans sa méditation lointaine et sans repos...

CORYPHÉE *(dans le noir)* : C'est l'heure du vautour !

> *A ces mots, on voit se dessiner sur l'écran, sous l'image du vautour, une colonne de soldats ennemis qui scrutent les horizons. Coups de gong prolongés.*

CORYPHÉE : A la vue de soldats et du vautour qui plane,
Mustapha reprend ses esprits
Il se souvient que Hassan avait un couteau
Il fouille les poches de sa victime
Mais l'arme blanche est impuissante ici
Elle ne peut répondre à la mitraille d'une colonne entière
Qui va se déployer en demi-cercle autour de nous
Aucun moyen de fuir ni de ruser
Dans cette immensité de lumière et de sable
Il reste la percée désespérée
Mais Mustapha ne peut jouer le sort de la femme qu'il aime
Ne peut l'abandonner
Ne peut ni l'éveiller, la soustraire au vautour
Ni la défendre contre les assaillants, ni se résoudre au meurtre.

> *Noir sur l'écran. La lumière se déplace. Mustapha, le couteau à la main, s'approche de la*

femme sauvage inanimée, mais il reste sans force, suspendu à l'acte final.

MUSTAPHA : Voici la rose prise à la gorge
    Et penchée sur sa tige, à bout de son destin !
    Faut-il laisser la rose aux tempêtes de sable, au baiser du vautour ?
    Dois-je égorger la rose ou consentir à sa profanation ?
    Femme sauvage, verser si peu de ton sang, c'est le seul crime dont je sois privé !
    Jamais assez furtif à l'irruption soudaine de la rivalité
    Jamais assez furtif je ne pourrai te renverser.

CORYPHÉE *(faisant mine d'opter pour le sacrifice)* :
    Impunie, elle a convoité ta violence impunie : laisse-la se briser sur toi.

MUSTAPHA *(se débattant dans la nécessité du meurtre)* :
    Si j'étais dupe d'un scrupule ?
    Et si elle attendait de moi le coup de grâce ?
    Quel assassin ne redouterait cet assassinat sans coupable.
    Puis-je ici mutiler le féminin visage, la prestigieuse fatalité ?

CORYPHÉE : Malheur au conquérant à chacune de ses conquêtes.
    L'inconquise accablante, son deuil n'a pas de fin !

L'image des soldats se précise sur l'écran, aux dépens du vautour qui s'agite devant cette intrusion dans son domaine : la morgue intime qu'est pour lui le désert. A l'approche des soldats, les jeunes filles tombées au cours de la marche se sont péniblement relevées. Elles par-

*viennent en titubant à rejoindre le coryphée. La
légende prend ici le pas sur l'histoire : le chœur
reconstitué dans ce délire collectif va devenir
le personnage central de la tragédie. A lui le
dernier mot : rien n'appartient à l'homme,
il doit tout partager dans le mystère terrestre,
son masque et son secret, sa passion, même en
échange de son existence à venir. Ceci est
essentiel pour le dénouement de la tragédie, où
la légende se montre plus vraie, plus généreuse,
plus lucide que l'histoire : c'est la revanche du
verbe ancien, de la poésie dans le théâtre sur le
Théâtre, le chœur face à l'écran dominant la
technique afin d'offrir au monde moderne la
frugalité dont il a perdu le goût.*

Chœur *(déplorant le sort de la femme sauvage)* :
　　　Pleurons la proie qui tarde
　　　Exposée à tant de rapaces
　　　Plus d'un vautour pour elle perd de son altitude et ne
　　　sent plus ses ailes !

Coryphée : Pleurons la proie qui tarde
　　　Exposée à tant de rapaces !

Chœur : Pleurons le criminel qui ne sait plus tenir son
　　　arme
　　　L'amante n'a pour lui qu'un ordre inespéré mais il
　　　ne peut s'exécuter ni survivre !

Coryphée : Pleurons le criminel qui ne sait plus tenir
　　　son arme
　　　Pour lui surtout nos larmes sont cruelles
　　　A son bras hésitant pèse l'ardent mépris des vierges !

Chœur : Mais toi, femme sauvage
　　　Surprise en ton évasion ramenée à ta peine

Il t'a pillé l'amour des hommes
Les mêmes qui te hissaient dans leur combat
Et dont les bras ne viendront pas te relever de ta chute !

CORYPHÉE : Il t'a pillé l'amour des hommes qui te hissaient dans leur combat
Et dont les bras ne viendront pas te relever de ta chute !

MUSTAPHA : Comme un envahisseur ligoté par son crime
J'épargne et je redoute cette proie évasive
Éteinte dans la cendre de celui qui me précède...

CORYPHÉE : Comme un envahisseur ligoté par son crime !

L'image du vautour a repris le dessus, son vol se précipite comme pour devancer les soldats.

CHŒUR *(angoissé)* : Le vautour, le vautour, le vautour noir et blanc !

MUSTAPHA *(secouant la femme sauvage)* : Debout ! le vautour plane
Mais tu n'es pas encore à sa merci
Ton cœur fourmille, c'est l'heure du vautour et de la lutte pour la vie,
J'entends battre ton sang comme un orage incertain tout près de la panique
Et te voici piquée au vif à la portée d'un autre ravisseur !

CHŒUR *(terrifié)* : Voici le carnassier jaloux, il trace autour de nous le cercle des représailles !

CORYPHÉE *(conjurant le chœur)* :
Colombes de mauvais augure
Fuyez, l'œil du vautour suffirait à vous déchirer

153

Fuyez colombes de mauvais augure
Insaisissables, déjà blessées, fuyez le culte hostile de
l'oiseau veuf.
N'attendez pas qu'il fasse un choix, le vautour
implacable !

La lumière s'éteint. Noir absolu.

CORYPHÉE *(lugubre)* : Le vautour ! le vautour ! Le vautour
et l'amant se disputent la morte !

CHŒUR *(dans le noir)* :
Courage, nous entrons dans la mêlée féroce
Dans le fracas du bec et du couteau
Qui s'entrechoquent, qui s'entrechoquent !
Enfin l'oiseau furieux reprend son vol
Il pleut des gouttes de sang ! Il pleut des gouttes de
sang !

CORYPHÉE *(toujours dans le noir)* :
L'homme masqué n'a même plus de face.
Il n'aura plus à guetter l'ennemi qui s'avance
Et nous n'avons plus, nous aussi, qu'à tirer nos der-
nières cartouches.

*On entend dans le noir des coups de feu en
rafale, des cris de guerre, et la lumière revient
peu à peu sur la scène, où les soldats tiennent
en joue le chœur encerclé. Le masque ensan-
glanté, aveuglé par les coups du vautour, Mustapha tâtonne en direction de la femme sauvage
dont les soldats s'amusent à vérifier la mort, à
coups de pied. En guise de plaisanterie, un officier tient des menottes ouvertes sur le chemin
de Mustapha qui se dirige les mains tendues en
avant. Au moment où il va toucher une dernière
fois le corps de la femme sauvage, les menottes*

se referment sur ses poignets, tout ceci dans l'impassibilité générale. Puis le vautour réapparaît une dernière fois sur l'écran, battant des ailes, tandis que la colonne, soldats et prisonniers, quitte la scène, abandonnant les deux cadavres. Noir absolu. Coups de gong. On entend la voix du chœur, au loin.

CHŒUR : Non, il ne mourra pas, il est de ceux qui passent le plus clair de leur vie
Dans la prison ou dans l'asile
Ce n'est pas la première fois.

CORYPHÉE : Il arrive toujours que les armes se vident, le sang a trop parlé
Les vautours ne suffisent plus à l'hygiène macabre
Et la terre engraissée réclame de nouveaux labours.

CHŒUR : Non, nous ne mourrons pas encore, pas cette fois !
La femme sauvage n'est plus, mais la guerre l'incarne
Et la guerre a besoin de nous.

CORYPHÉE : Les ancêtres sont satisfaits.
Depuis que nous avons déchiffré leur message,
Fondu leurs chaînes, vécu leur rêve et veillé leur sommeil,
Les fantômes n'ont plus à relever la tête.

CHŒUR : Les ancêtres sont satisfaits.

LE VAUTOUR

*Dit dans le noir par le vautour, dont l'image
n'est plus qu'un signe dans l'espace, le poème
dramatique, terrain d'envol à la proue de
l'œuvre, élève pour finir toute action dans le
souffle. Les gestes et le décor sont dans le spec-
tateur. Liberté entière lui est donnée de prendre
ses distances, et même, s'il ne veut pas s'ouvrir
à son propre théâtre intérieur, de s'anéantir
dans ce refus.*

Je n'aime que l'intrus
Disais-tu
Je n'aime que l'époux secret
Des vierges,
L'amant de toute épouse
A son déclin

Pourquoi m'avoir séduite
Moi que craignais de te séduire
Disais-tu

Je n'aime que l'intrus
L'esseulé
Polygame

159

Qui toutes nous respira
D'un même souffle calme
Parmi les herbes de l'oubli

Et tant de mains
Vers sa disgrâce
Voici la rose
prise à la gorge
Penchée sur son diadème
A bout de son destin

Mais comment supporter
L'agonie de la rose
Sans vouloir l'égorger ?

Sombre
Amour
Sans prémices !

Verser si peu
De ton sang,
C'est le seul crime dont je sois privé !

Jamais assez furtif
A l'irruption soudaine de tes cimes
Je ne pourrai te renverser
Verser si peu
De ton sang
C'est le seul crime dont je sois privé.

Sombre
Amour
Sans prémices !

Mutine
Offerte à l'obsédé

LE VAUTOUR

Souvent la vierge
Se dénude
Pour un rapace
Timide et repoussant

Dès qu'elle parle à l'oiseau
Il ne sent plus ses ailes.
Sombre amour, sans prémice !
Lorsque son voile fut tombé
Je n'avais plus la force
De soulever ses cheveux

O nudité
Secrète
De la statue !

En ce duel inassouvi
Son regard fut reçu
Ainsi qu'un sabre sur un sabre
Et le vainqueur
Est resté sur ses gardes.
L'innocence trahie
Prolonge la torture

Jamais sur son chemin
Aucun lion n'est endormi,
Seul un aveugle
Un égaré
Peut rêver de l'atteindre
Avec le mauvais sort pour complice

Et si je dépéris
En trouant des cœurs ennemis
C'est que j'espère aussi
A la longue t'abattre
Car toute vierge insoupçonnée
Reçoit le coup de grâce par faveur

LE VAUTOUR

Quel rapace ne redouterait
Cet assassinat sans coupable
Où vaque le relent
Féminin du fantôme
Dont le hasard triomphe
Et dont succombe
le meurtrier
Si peu que le regard
De la bête soit long
La beauté s'éternise
Vaincue
Son deuil n'a pas de fin

L'avons-nous torturée
Captive sur la vitre
La verte Demoiselle
Tirée de l'herbe par la robe
Et par le vent
Ou l'avons-nous froissée
D'un regard sur la vitre
Saoulée dans son carosse
Ou ramenée dans l'herbe à petits pas ?

Sombre
Amour
Sans prémices !

Ai-je troublé sa pudeur
Pour qu'elle vienne me corrompre
Au prix d'une blessure
Atroce
Et recherchée !

Rien qu'à sa lèvre
Jaillit
Un sang de proie

Et de tout son long
S'ouvre ce corps de poisson
Sur l'impatiente braise
Déjà noircie
Si près de la candeur
Complice

Comme un envahisseur
Ligoté
Par une inconnue
J'espère
Et je redoute
La gardienne évasive
Assise dans la cendre
De celui qui me précéda
Dévoré par la langue
A ce culte féroce
Abandonné sans un mot
Devant la sourde apparition

Sombre
Amour
Sans prémices !

Si tu soupires
Le brasier se rallume
Tes larmes ne sauraient l'atteindre
Que si tu les contiens
Jusqu'à crever comme un orage

Mais puis-je
M'empêcher
De fumer sous les dents
D'une si pure ogresse
Et vierge
Par surcroît ?

Traîné par la cruelle
Entre sa haine et sa beauté
Me voici même
Épris de ce désert

Sombre
Amour
Sans prémices !

Impubère, elle a convoité
Ta violence impunie ?
Laisse-la se briser sur toi,
Cette baigneuse entourée d'îles
D'où ses captifs
Ne veulent s'échapper

O vénéneuse
Ardeur
De ses bonds !

Perle dissoute
En son ardeur natale

Comment l'aurais-je découverte
Cette inconnue
Célèbre pour moi seul
Si ses rivales
Ne l'avaient rendue
Si rare
Comment l'aurais-je découverte
Cette inconnue célèbre
Pour moi seul ?

Elle a semé
Ses charmes
Comme autant d'explosifs

Je ne sais quelle sœur mal déguisée
Elle a poussé sur ce grabat
Pour vérifier jusqu'à nos songes

Mais qu'il veille ou qu'il rêve
L'amant n'attend son heure que de nuit
Les jours de l'inhumaine étant comptés

O nudité
Secrète
De la statue !

Tu n'as pour moi
Qu'un ordre inespéré
Mais je ne puis l'exécuter moi-même
Je ne sais quelle sœur mal déguisée
Elle a poussé sur ce grabat
Pour vérifier jusqu'à nos songes
Mais qu'il veille ou qu'il rêve
L'amant n'attend son heure que de nuit
Les jours de l'inhumaine étant comptés

O nudité
Secrète
De la statue !

Tu n'as pour moi
Qu'un ordre inespéré
Mais je ne puis l'exécuter moi-même

Que faire bouche à bouche
Quand ce qui m'empoisonne
Semble vital pour toi
Quand nous risquons la chute
A retenir ta robe
Au bord du gouffre chaleureux

Car jamais tu n'auras
Que la raideur des pétales
Déjà mouillés, pour traverser la cataracte !

Et ta première crue
Loin de ton lit, hantée de rêves juvéniles
Te livrera aux fleuves ravageurs

Sachant que tes noyades
Seront publiques, le nourricier
Des fleuves s'est enfui

Je n'ai pillé, jaloux
De tes escortes
Que ta nombreuse obscurité

O nudité
Secrète
De la statue !

Où t'ai-je vue
Ensoleillée ?
Dans ta chambre ou dans ta chemise ?
Tu dors
Comme le ciel se vide
Ensoleillé

Comme si l'amour
Culte en soi-même
Perdu
Offrait toujours
L'immensité
D'un point cardinal

Ne peut être amoureux
Que celui qui se fait
La plus haute idée de l'amour

Après avoir jeté ton bourreau
Dans le vide tu désespères
De le voir atterrir

Sombre
Amour
Sans prémices !

Encore faudrait-il
Que tu t'élances
Si je dois recevoir ton poids

O nudité
Secrète
De la statue !

Est-ce entre nous la guerre
Dois-je te pousser au soleil
Avec une lance
Et t'accabler
D'une chaleur hostile
Et prolifique ?
Va
Chasse-moi
D'où tu risques la chute
Mon ombre te sera propice
Ici foisonnent tes jumelles
Mais de la Juste
Où sont les iris méprisants ?

Tous mes amis
Te croient malade
Et sont épris de ta pâleur
Adieu, pourvu que je sois libre
De te décrire à mes amis
Quitte à t'offrir au plus perfide

Amis dispersez-vous
Si elle danse
Entre deux mouchoirs de pourpre
Sur vous
Craignez qu'elle retombe
Comme une abeille évanouie

Si j'entre par surprise
En son sépulcre, c'est d'elle
Que viennent la discorde et la passion

C'est une absurde
Nécessité
D'isoler une morte si vive !

Mais vous
Sœurs de la disparue
Oubliettes
De son corps
Sans pareil
Peut-être prévoyait-elle
Vos ironies
Lorsqu'elle m'ordonna
Marche ! Marche ! N'attends pas mes suivantes
Car tu verras pires beautés
Sur le chemin du retour

Sombre
Amour
Sans prémices !

En d'autres yeux
Que ceux qui la contiennent

Plutôt que d'être son amant
Il eût fallu être son père
Jour après jour la retrouver légère
Quitter le monde

LE VAUTOUR

Avant qu'elle ne quitte
Le berceau

Il eût fallu
Humer la rose à son aurore
Avant le viol solaire et déchirant !

Sombre
Amour
Sans prémices !

Je reviens au lever du jour
Accompagné de la nocturne
Ah !
Cet hiver
J'ai les antennes
Brisées.
La neige !
Admire et fais le silence
Autour de ce forfait
Que de flocons
Moqueuse
Me dissimulent
Ton poids
Ton altitude
Pleuvant obstinément
Pour m'annoncer ta perte
Et ton déclin

Sombre
Amour
Sans prémices !

En ce soleil avare et féminin
Je crois t'entendre à la fenêtre
Comme une averse déjà passée

Au Sosie
De vider la morte
Et de se recueillir
Près de ce doux requin
D'amour
Qui flotte encore et nous revient
Le mal de mer
Est sans remède
Un passager sur deux vous le dira.

Le mal de mer
Le mal de l'air
Le mal d'amour est sans remède

Sur deux amants
Porteurs
D'épidémie
Celui qui semble sauf
Sera l'inguérissable
Et le premier atteint
Sans un nouveau comparse
Ira confondre sa passion
Avec d'amères médecines !

Le mal de mer
Est sans remède
Un passager sur deux vous le dira

Au milieu de la traversée
Je vois
Des femmes écœurantes
Rangées dans une caisse
Hélas tout étourdies
Froissées par quelque monstre souverain

O noyées, que l'une d'entre vous

Se lève et nous remonterons
A vos blessures !

Moqueuse
Ton vert cercueil
Disparu !
Va, songe indu
Rejoindre la subtile
En sa nouvelle écorce évanouie

De cet irréparable
Hymen
Laisse-nous rire
Trop d'amour me relève
Auprès de l'insouciante
En trop de noces éclatée

Sombre
Amour
Sans prémices !

Ramenez-moi la morte ou tuez-la
Ne dites pas qu'elle agonise
Gonflée de larmes et de coups !

Jadis elle apportait à son vainqueur
La gerbe des baisers refusés par ses lèvres

Elle eut assez de mes coups
La rebelle affairée
A ce double suicide sous ma cuirasse

Sombre
Amour
Sans prémices !

LE VAUTOUR

O nudité
Secrète
De la statue !

Ce qui nous fera vivre
Ce n'est pas le pain, c'est
L'alcool

Et l'incertaine
Équivalence
De nos corps
Sur la margelle d'un même puits
Dont la fraîcheur
Unique,
A l'un de nous manque et sourit !

TABLE

DU MÊME AUTEUR

Nedjma
roman
Seuil, 1956
et « Points », n° P247

Le Polygone étoilé
roman
Seuil, 1966
et « Points », n° P380

L'Homme aux sandales de caoutchouc
théâtre
Seuil, 1970
et « Points », n° P938

L'Œuvre en fragments
Sindbad, 1986 et 2012

Soliloques
poèmes
La Découverte, 1991

Le Poète comme un boxeur
entretiens
Seuil, 1994

Minuit passé de douze heures
Ecrits journalistiques 1974-1989
Seuil, 1999

Boucherie de l'espérance
Œuvres théâtrales
Seuil, 1999

Parce que c'est une femme
théâtre
Éditions des Femmes-Antoinette Fouque, 2004

L'Œuvre en fragments
Inédits littéraires et textes retrouvés
Sindbad, 2012

RÉALISATION : PAO ÉDITIONS DU SEUIL
IMPRESSION : CPI FRANCE
DÉPÔT LÉGAL : NOVEMBRE 1998. N° 35019-9 (2036864)
IMPRIMÉ EN FRANCE

Éditions Points

le cercle

Le catalogue complet de nos collections est sur
Le Cercle Points, ainsi que des interviews de vos
auteurs préférés, des jeux-concours, des conseils
de lecture, des extraits en avant-première…

www.lecerclepoints.com